U0919080

THE ROAD TO SCIENCE FICTION

科幻之路

5

群星涌现

[美国] 詹姆斯·冈恩 编著
James Gunn

慑怡 等 译

译林出版社

图书在版编目（CIP）数据

群星涌现 / （美）詹姆斯·冈恩（James Gunn）编著；憬怡等译. -- 南京 : 译林出版社, 2025. 1. -- （科幻之路）. -- ISBN 978-7-5753-0419-1

Ⅰ. I712.45

中国国家版本馆CIP数据核字第202431JN46号

The Road to Science Fiction
Copyright © 1979,1998,2002,2003 by James E. Gunn
Simplified Chinese translation copyright © 2024 by Yilin Press, Ltd
All rights reserved.

著作权合同登记号　图字：10-2023-21 号

群星涌现　［美国］詹姆斯·冈恩 / 编著　憬　怡　等 / 译

策　　划　姬少亭　李兆欣
统　　筹　吴立中
责任编辑　竺文治
翻译监制　东方木
装帧设计　孙逸桐
责任校对　张　萍
责任印制　闻媛媛

出版发行　译林出版社
地　　址　南京市湖南路 1 号 A 楼
邮　　箱　yilin@yilin.com
网　　址　www.yilin.com
市场热线　025-86633278
排　　版　南京展望文化发展有限公司
印　　刷　江苏凤凰通达印刷有限公司
开　　本　880 毫米 × 1240 毫米　1/32
印　　张　6.75
插　　页　1
版　　次　2025 年 1 月第 1 版
印　　次　2025 年 1 月第 1 次印刷
书　　号　ISBN 978-7-5753-0419-1
定　　价　59.00 元

版权所有 · 侵权必究

译林版图书若有印装错误可向出版社调换。质量热线：025-83658316

目录

科幻军团

科幻作品的读写行为都是发生在一定的社会母体中的，也应该放在这一社会母体的语境中才能得到最好的理解。许多文学分析忽略了这个侧面：新批评派将评论焦点放在作为文艺作品的文学本身上。但是文学确实有其社会环境和社会影响。科幻文学尤其如此，它不仅与社会相关，而且反映社会，也反过来塑造社会。

科幻小说很少受到大众层面的欢迎（直到最近才有所改善，且最近也是以电影、电视和其他相关衍生品呈现的）。其原因并不完全明确。或许是因其中的知识性内容令人生畏，或许是因其中的科学概念使人却步。或许是因作品将关注重点置于未来，或许是因其聚焦于整个物种而非个人，又或许是因为作品主题的奇幻性——那种极端遥远感——具有自我限制性。再或许，就如一些批评家所言，科幻的写作质量隔绝了大多数人，除了对点子感兴趣的特定群体。

然而，儒勒·凡尔纳、H. G. 威尔斯，以及不时出现的其他流行科幻作家不免令人对此类结论产生怀疑：或许当初根斯巴克将科幻小说拖入了纸浆杂志的隔离区才是症结所在。无论原因为何，事实就是，没有一本科幻杂志销量达到了20万册以上［中国的科幻杂志《科幻世界》是个例外，另一个例外是《万象》（*Omni*），但后者每期刊物上只会登载一两篇科幻故事］，达到10万册以上的也屈指可数。科幻的受众范围狭窄，但受众的兴趣却很强烈。

达蒙·奈特曾写道：“科幻，是小众人群的大众传媒。”

然而对这个小众群体而言，发现科幻的过程无疑是一种堪与皈依宗教相提并论的超验性体验。他们阅读科幻作品，且常常非科幻作品不读，他们思考科幻，他们想与别人交流他们的体验，想劝服他人皈依科幻、改信科幻。在这个群体中，因种种原因而落落寡合的人员比例明显高于其他社群：比他人聪明，不如他人适应社会，比他人更爱阅读。有时，这些人因地理环境或个人经历而与世隔绝。

科幻小说将读者变为科幻迷。而自成一种社会现象的爱好者运动，直到最近都是独属科幻的现象。弗雷德里克·魏特汉教授[1]在《同好杂志的世界》（*The World of the Fanzines*，1973）中针对此种现象和他们产出的爱好者杂志做出过评论。科幻迷们发行非专业杂志撰写科幻作品，出版非专业小说和诗歌，描绘爱好者们自己的活动。他们还组织科幻大会，每年一次，如今在世界某处这几乎成了一种持续性的传统。不仅如此，他们还出产作者。

科幻将读者变为作者。在这个报酬相对较低的行业里，作家们得到了其他补偿：他们创造着自己爱读的内容；在小圈子内获得了在更大的圈层范围里很难获得的认可和接受；他们得以迅速收获爱好者对于作品的书信反馈，或是在科幻大会上接受科幻迷们的口头反馈。他们还发现自己成了科幻作家这一兄弟同盟的一分子，这个同盟是一个异常紧密、相互扶持，且非竞争性的群体。

1. 美籍德裔精神病学家，1970年代开始研究粉丝社群亚文化的积极作用，并创作《同好杂志的世界》。

这类读者出身，凭借科幻创作摆脱了身心孤独状态的代表作家之一便是杰克·威廉森。杰克生于美国亚利桑那州境内，但全家先后搬至墨西哥和得克萨斯州，最终在新墨西哥东部的一处贫瘠农场定居下来。他在此长大，很少见到外人，一直到七年级开始接受正常学校教育。他腼腆、别扭，于是转向书籍、学习和白日梦，直到他发现 1927 年 3 月刊的《惊奇故事》。那些故事点燃了他的幻想，很快，他就攒足零钱订阅了一份。

在此后生涯中，他将科幻对自己的影响归功于根斯巴克重印了 H. G. 威尔斯的作品，但他最初崇拜的作家其实是 A. 梅里特。为此，他开始撰写 A. 梅里特作品的同人故事，给《惊奇故事》杂志寄了信，参加了一个同好俱乐部，以一篇题为《科幻小说：科学探照灯》的文章在征文比赛中夺魁，并最终卖出了自己的故事——《金属人》（“The Metal Man”）。这个故事发表于《惊奇故事》1928 年 12 月刊。终于，他找到了一个让自己有归属感的群体。此后，他还会在科幻作家这个群体中认识许多朋友，特别是埃德蒙·穆尔·汉密尔顿。1931 年，二人一起沿密西西比河顺流而下，完成了一次史诗般的壮丽旅行。

威廉森在大学二年级时退学并开始全职写作。他笔耕不辍，也取得了相当的成功，但他得以做出此种选择，很大程度上是仰赖他那足以维生的家族农场，他在这里建了一间小屋，作为独立书斋。渐渐地，他的写作进化了。1930 年代，他为《怪谭》撰写了长篇冒险小说《黄金血液》（*Golden Blood*），为《惊异》撰写了《太空军团》（*The Legion of Space*）三部曲和《时间军团》（*The Legion of Time*），为《未知》（*Unknow*）撰写了《比你想象的更黑暗》（*Darker Than You Think*），并创作了形形色色的短篇小说。

1940 年代，他以威尔·斯图尔特（Will Stewart）为笔名撰写了一系列自然主义的短篇故事，内容是太空人在小行星带开采反物质（当时被称为反地或 CT）巨石。这些故事被整合成名为《反物质飞船》（*Seetee Ship*，1951）的书籍，该故事的系列续作是更早成书的小说《反物质冲撞》（*Seetee Shock*，1950）。该系列作品使他在一段时间内成为《纽约每日新闻报》一档名为《火星之外》（“Beyond Mars”）的连载漫画专栏的主笔作家。

二战时期，威廉森在空军部队担任气象员，退役后重启写作，他在短篇小说《均衡器》（“The Equalizer”）和《无所事事……》中尝试了全新的社会学故事，后者发展出了一个续篇，同样发表于《惊异》。题为《……殚思极虑》（*... And Searching Mind*），后来二者以《智能机器人》（*The Humanoids*）之名汇编出版。

1960 年代，他开始与弗雷德里克·波尔展开一系列合作，出了几部小说。其后他又继续独立写作，创作了许多杰出作品，1993 年时凭借中篇小说《终极地球》（“The Ultimate Earth”）获得雨果奖及星云奖。他最伟大的财富便是学习与适应的能力。每隔几年他都会变换写作方式以适应外在及内在的新需求，他的写作范围包罗万象，从冒险故事到命题论文，再到对人物形象或心理的敏锐刻画。

他在 40 岁时结了第一次婚，56 岁取得博士学位，并在东新墨西哥大学展开了英文教学，随后退休成为荣誉教授。他在 70 岁时被选为美国科幻作家协会主席，也是第二个被提名科幻小说大师奖的作家。

《无所事事……》发表于 1947 年，但威廉森最具影响力的年代是 1930 年代，尽管他那时的创作未必是个人最佳。《无所事事……》或许是对人机关系这一主题最明确的处理方式。

（憬怡　译）

无所事事……

[美国]杰克·威廉森

一

安德希尔第一次遇到新型机器人的那天下午，他正步行从办公室回家，因为车在他妻子那儿——通常情况下，汽车都是妻子在用。他沿着平时一贯走的对角线穿过杂草丛生的空旷街区，满脑子想的都是怎么偿付双河镇银行的贷款，他想了许多办法，又将这些不可行的念头全部打消。突然，一堵新墙拦住了他的去路。

这堵墙不是用普通的砖石砌的，而是用了一种光滑、明亮又奇怪的材料。安德希尔抬头盯着这幢高高的新建筑，内心隐隐对这个闪闪发光的障碍物感到一丝恼火和诧异——他敢肯定上周这里还没有这玩意儿。

然后，他看到了窗子里的东西。

窗户本身不是普通的玻璃，而是一种完全透明的、一尘不染的宽大面板。要不是上面贴了一些发光的字母，根本看不出那有一扇窗。那些字母组成了一个现代风格的招牌，一本正经地写着：

仿生人研究所

双河镇代理处

完美的机器人

“服务人类，服从指令

保护人类免受伤害”

安德希尔内心的隐忧加剧了，因为他本人就是做机器人生意的。眼下的日子已经很不好过，机器人是市场毒药。人形机器人、机械机器人、电子机器人、自动机器人，还有普通机器人，种类繁多。但不幸的是，其中鲜有达到了销售员最初承诺标准的。在双河镇，机器人市场已经严重饱和。

安德希尔卖的是人形机器人——在他还有生意的时候。下一批货明天就到，他还不知道哪有钱付账。他皱着眉头，停下脚步，盯着隐形窗户里面的东西。他还从来没见过仿生人——跟所有其他种类的机器人一样，不工作时，它一动不动。它的身材比一般真人矮小纤细一点儿；赤身裸体，跟洋娃娃一样不分性别；浑身发出黑色的光泽，光滑的硅酮皮肤呈现出渐变的青铜色和金属蓝色。它优雅的、椭圆形的脸上带着警觉和略显惊讶的关切神情。简而言之，这是安德希尔见过的最完美的机器人。

当然，体形太小了点，起不到什么实际作用。他自言自语地引用了《人形机器人推销员》里的一句话自我安慰：“人形机器人身材高大——因为制造商不愿减少动力、放弃基本功能，或削弱它的可靠性。购买人形机器人将是你最划算的一笔交易！”

当他转身朝向大门方向时，透明门滑开了。他走了进去。产品展示厅崭新而富丽堂皇。这让他觉得，这些流线型的新商品不过是为了吸引女顾客的眼球，只是一种华而不实的努力。

他老练地审视着闪闪发光的陈列品，轻松乐观的态度渐渐消退了。他从来没有听说过仿生人研究所，但很显然，这家刚刚入侵市场的公司拥有雄厚的财力和一流的营销手段。

安德希尔四处搜寻销售人员，结果一个机器人悄无声息地迎面而来，它看起来跟橱窗里的一模一样。它的移动方式迅速而优雅，漆黑的身体表面流动着青铜色和蓝色的光泽，一块黄色的铭牌在它赤裸的胸前闪烁：

仿生人

序列号 81-H-B-27

完美的机器人

“服务人类，服从指令

保护人类免受伤害”

奇怪的是，它的眼睛没有晶状体。在它光秃秃的椭圆形脑袋上，一双铁灰色的眼睛盲目空洞地瞪着前方。不过，它仿佛还是能看见，在离安德希尔几英尺的地方停了下来，用一种高亢悦耳的声音说：

“听候您的吩咐，安德希尔先生。”

它叫出了他的名字，这让安德希尔吓了一跳。人形机器人根本无法辨别每个人的区别。当然，这不过是一种聪明的推销噱头。在双河这样一个小城镇，这不难办到。销售员肯定是个本地人，躲在隔墙后面操纵机器人。安德希尔从片刻的震惊中回过神来，大声说道：“请问，我能见见你的销售员吗？”

“先生，我们不雇用人类销售员。”那柔和的声音立即答道，“仿生人研究所的宗旨就是服务人类，我们不需要人类的服务。我们自身能提供您需要的任何信息，先生。同时，也听候您的指令，随时提供来自仿生人的服务。”

安德希尔目瞪口呆地看着它。迄今为止，还没有一个机器人能给自己的电池充电，重置自身的继电器，更别说运营自己的代理点了。安德希尔四下张望，不安地搜寻着销售员可能藏身的摊位或布帘，而仿生人用那双没有晶状体的眼睛空洞地注视着他。

与此同时，那细细的甜美嗓音换成了一种循循善诱的语气。

“先生，我们可以到您家里去做一次免费的试用示范吗？我们迫不及待想要在你们的星球上推介我们的服务，此前，我们已经在许多其他星球上成功地消除了人类的痛苦。您会发现，我们比这里广泛使用的老式电子机器人要优越得多。”

安德希尔不安地向后退了一步，他不情愿地放弃了对隐藏销售员的搜寻，市面上竟然已经出现了能自我推销的机器人，这让他大惊失色，这会让整个行业更加雪上加霜。

“至少拿些广告宣传册吧，先生。”

黑色的小机器人一举一动都带着优雅和灵巧，简直有些骇人。它从靠墙的桌子上给他拿来了些图文并茂的小册子。安德希尔开始翻阅这些精美的书页，以此掩盖心头的困惑和越发强烈的警惕心。

在一系列色彩缤纷的使用前后的对比图中，一个丰满的金发女孩原本弯着腰在厨房的炉子边忙活，转眼就穿着一件性感睡衣在休闲放松了，而一个黑色的小机器人正跪着给她递东西；她原本疲惫不堪地敲着打字机，转身就穿着暴露的日光浴装躺在沙滩上了，而另一个机器人正在打字；她原本辛勤地操作着某种大型工业机器，瞬间就在一个金发小伙的怀抱里翩然起舞，而黑色的机器人在运行那台机器。

安德希尔愁闷地叹了口气。人形机器人公司可没提供这么吸引人的促销资料。这本小册子会让女人们无法抗拒，而她们选购的机器人占到了市场销售总额的百分之八十六。是的，竞争将会很惨烈。

“拿回家吧！先生。”那个甜美的声音催促着他，“给您妻子看看。最后一页有订购免费示范服务的空白预订单，您会发现我们不需要付费。”

安德希尔麻木地转过身，自动门为他滑开了。他迷迷糊糊地退了出去，发现手上还拿着那本小册子，便恼怒地将其揉成一团，扔到了地上。那个黑色的小东西小心地捡起了册子，它在安德希尔身后，用柔和的声音坚持不懈地喊道：

“我们明天会拜访您的办公室，安德希尔先生，并送一个演示机器人到您家里去。我们需要讨论一下贵公司停业清算的问题，您所销售的电子机器人完全没法与我们竞争。同时，我们将为您的妻子提供免费的试用演示服务。”

安德希尔不想回答，因为怕自己的声音暴露出内心的真实想法。他恍恍惚惚沿着新的人行道走到了街角，停下脚步，让自己冷静下来。从他惊愕而混乱的印象中，浮现出了一个明确的事实——他的代理公司面临危机，前途暗淡。他黯然地回望那幢富丽堂皇的新大楼。它用的材料完全不是砖石，那无形的窗子也不是玻璃，而且他很肯定，上次奥罗拉用车的时候，它的地基甚至还没开打。

他顺着新的人行道，绕过街区，走到了大楼的后门。一辆卡车停在那里，车尾对着门。几个纤细的黑色机器人正默默地忙碌着，卸下巨大的金属箱。

他停下来，细细观察其中一个箱子，上面贴着星际运输的标签，印刷的文字显示它来自翼星 4 号的仿生人研究所。他想不起来有哪个星球是叫这个名字；这个研究所肯定有个庞大的团队。

安德希尔的目光越过卡车，在昏暗的仓库内，他能看到黑色的机器人正在开箱。盖子掀开，露出了黑色僵硬的躯体，全部紧密地排列在一起。它们一个个地活了过来，从箱子里爬出，优雅地跳到地上。它们全都一模一样，黑色的光泽表面，闪烁着青铜色和蓝色的光芒。

其中一个从卡车旁走出来，来到人行道上，一双茫然的钢灰色眼睛盯着安德希尔，那个悦耳而高亢的声音说道：

“听候您的吩咐，安德希尔先生。”

听到自己的名字从这个刚从箱子里爬出来的、彬彬有礼的机器人嘴里脱口而出，安德希尔拔腿就跑。他觉得太难以接受了——这个箱子可是刚从一个他连名字都不知道的遥远星球运过来的啊。

走到两个街区之外，他看到了一家酒吧的招牌，带着沮丧的心情走了进去。他给自己定了一条晚餐前不喝酒的规矩，奥罗拉更是从来就不喜欢他喝酒；但这些新机器人让他觉得今天可以破个例。

然而，遗憾的是，酒精也并不能使他的代理公司在短期内有起色。一个小时后，当安德希尔从酒吧出来时，他不怀好意地回头看了看，希望那座明亮的新建筑会突然消失，如同它来时一般突然。当然，它并没有。他沮丧地摇摇头，迟疑了下，转身回家。

当他回到了位于郊区的那栋整洁的白色小平房时，新鲜的空气已经让他的头脑清醒了不少，但这并不能解决他生意上的困难。他也有点不安地意识到，自己赶不上晚餐的时间了。

结果，晚餐也推迟了。他的儿子弗兰克——一个满脸雀斑的十岁男孩，还在门前安静的街道上踢足球；而他十一岁的女儿——一头浅黄色头发，活泼可爱的小盖伊，正穿过草坪，沿着人行道跑过来迎接他。

“爸爸！你猜发生了什么！”盖伊端庄大方，日后将成为一名伟大的音乐家，但此时她却兴奋得满脸绯红，上气不接下气。她让安德希尔把她从人行道上高高举起，在半空中转圈，也毫不介意爸爸满嘴酒气。安德希尔猜不出，她便迫不及待地告诉了他：“妈妈来了个新房客。”

二

安德希尔原本料想会遭遇一系列折磨人的盘问，因为奥罗拉也很操心他们银行的账目，新货的账单，还有盖伊的学费。

不过，新房客的到来让他逃过一劫。伴随着一阵惊天动地的餐具碰撞声，家用人形机器人正在桌子上摆放晚餐，但小房子里却空无一人。他在后院找到了奥罗拉，她正抱着一堆预备给客人用的床单和毛巾。

安德希尔刚娶奥罗拉的时候，她跟现在的盖伊一样可爱。他有时觉得，如果他的生意能够再成功一点，她原本可以一直保持着可爱的模样。然而，他的生意每况愈下，日渐衰落，漫长的失败过程所带来的重压，逐渐瓦解了安德希尔的信心，生活的艰辛也让奥罗拉变得咄咄逼人起来。

当然，他还爱她如初。她的红发依旧迷人，但受挫的野心磨砺了她的性格，也磨尖了她的声音。尽管他们从来没有吵过架，但确实产生了一些小分歧。

在车库上面有一套公寓——原本是供用人使用的，可惜他们一直负担不起用人的费用。这套房子又小又寒酸，从来吸引不到什么正经租客。安德希尔想让它空置着，他不希望看到妻子给那些陌生人铺床拖地，这让他的自尊心受到伤害。

每当奥罗拉需要支付盖伊的音乐课学费，或者有什么不幸事件触动了她的同情心需要用钱时，她就把公寓租出去。但在安德希尔看来，她的租客似乎全都是些小偷或者暴徒。

这时，她转过身来跟他打招呼，手臂上搭着干净的床单。

“亲爱的，你反对也没用。”她的声音相当坚决，“斯莱奇先生是一位很棒的老先生，他会留下来，想住多久就住多久。”

“没问题，亲爱的。”他从来不喜欢争吵，况且他也在为自己的代理公司烦恼。“恐怕我们确实需要这笔钱。就让他预付租金吧。”

“但他办不到啊！”她的声音里包含着怜悯，有些颤抖，“现在还付不了，但他说他马上会收到发明的专利税，几天内就能付房租。”

安德希尔耸了耸肩，他以前也听说过类似的说辞。

“斯莱奇先生不一样，亲爱的。”她坚持道，“他是个旅行家，也是个科学家。在这个沉闷的小镇上，我们没有机会遇到几个有趣的人。”

“你总是能收留一些非同凡响的人。”

“别这么刻薄，亲爱的，”她轻声责备他，“你还没有见过他。不知道他有多好。”她犹豫了一下，问，“你有十块钱吗，亲爱的？”

“干什么？”

“斯莱奇先生病了。”她的声音变得迫切起来，“我看见他倒在市中心的街上。警察要把他送到市医院去，但他不想去。他看起来是那么高贵、和蔼、体面。我告诉他们，我会带他去。我把他弄上车，带他去找老温特斯医生。他心脏有问题，需要钱买药。”

安德希尔顺势问道：“他为什么不愿去医院？”

“他有工作要做，”她说，“重要的科学工作——他这么出色，命运却这么悲惨。求你了，亲爱的，给我十块钱吧。”

安德希尔有很多想说的话。那些新型机器人必定会使他的麻烦倍增，这时再收留一个病重的老流浪汉更是愚蠢至极，他本可以在市立医院得到免费治疗。奥罗拉的房客总是试图用承诺来支付房租，一般来说，他们在离开之前会把公寓弄得一团糟，再把邻近的街区洗劫一空。

但安德希尔没有把话说出口，他已经学会了妥协。他默默地从瘪瘪的钱包里找出两张五元钞票，放到她的手里。她笑了，情不自禁地吻了他——他几乎来不及屏住呼吸。

由于定期节食，奥罗拉的身材保持得还不错，而她那一头闪亮的红发，简直让他感到骄傲。心中涌起的一股爱意让他忽然热泪盈眶，真不知道如果他的公司倒闭了，她和孩子们该怎么办。

“谢谢你，亲爱的！”她低声说，“如果他感觉还行的话，我会邀请他来吃晚饭。这样你就可以见见他了。我希望你不要介意晚餐推迟了。”

今晚他一点儿也不介意，甚至忽然有一阵冲动，想要做点家务。他从地下工作室找来锤子、钉子和一个平整的对角支架，把厨房门上那个摇摇欲坠的帘子钉好了。

安德希尔喜欢做手工活。他儿时的梦想是修建核裂变发电站，他甚至还学习过工程——直到他娶了奥罗拉，从她懒惰的酒鬼父亲那接手了这家不景气的机器人代理公司。小任务圆满完成，他愉快地吹起了口哨。

当他穿过厨房想把工具放回去的时候，发现人形机器人正忙着从餐桌上撤下还未动过的晚餐——这些机器人能够严格执行例行任务，但从来学不会应对人类的一些突发情况。

“停下！停下！”安德希尔用适当的音调和节奏缓慢地重复道，他的指令起作用了，机器人停了下来，他继续小心地说，“摆好——晚餐，摆好——晚餐！”

体形庞大的机器人拖着步子，听话地拿着一摞盘子回来了。安德希尔突然意识到它与那些仿生机器人的天壤之别。他有些疲惫地叹了口气。他的代理公司前途一片黑暗。

奥罗拉把她的新房客从厨房门口带进来。安德希尔默默地点点头。这个陌生人骨瘦如柴，一头黑发很蓬乱，面容憔悴，衣衫褴褛，看起来正像是会引发奥罗拉同情心的那类流浪汉，他们往往经历丰富，充满戏剧色彩。她介绍他们相互认识，二人在前厅坐下来，奥罗拉则去叫孩子们了。

安德希尔觉得这个老流浪汉并不像病重的样子，尽管他宽阔的肩膀因为疲累而佝偻着，但他高大的身躯还是显得很威严。他的面容清瘦，皮肤上布满皱纹，有些苍白，但一双深邃的眼睛仍然闪烁着生命的光彩。

他的双手引起了安德希尔的注意，一双巨大的手，像是挂在他又瘦又长的手臂上，好像随时处于戒备状态。这双手非常粗糙，伤痕累累，它被晒得黢黑，手背上覆盖着细细的汗毛，已经褪成了金色。这双手像在讲述着一个个波澜壮阔的冒险经历——或许是一场战役，或许是艰辛的工作。这曾是一双非常灵巧有用的手。

“安德希尔先生，我非常感激您的妻子。”他的嗓音非常低沉，笑容中却带有一丝留恋，有种和他年龄不相称的孩子气，“她把我从一个令人不适的窘境中解救出来，我会让她得到丰厚回报的。”

又一个活生生的无赖，安德希尔暗暗断定，一辈子靠编造些看似可信的谎言过活。他自己发明了一个小游戏，常用来跟奥罗拉的租客们玩——就是记下他们说的所有话，每当听到一句谎言，就记上一分。他有预感，斯莱奇先生会让他取得高分。

“您来自哪里？”他随口问道。

斯莱奇犹豫了一下才回答，这有点不同寻常。一般来说，奥罗拉的房客都能言善辩。

“翼星 4 号。”这个瘦削的老人郑重其事地答道，语气有点不情愿，好像他更希望说个别的地方，“我早年的生活都是在那个星球上度过的，差不多五十年前，我离开了，从那时起就一直在各处旅行。”安德希尔吓了一跳，马上看了他一眼。翼星 4 号，他记起那些光滑的新型机器人就是从那儿来的。这个老流浪汉看起来邋里邋遢、不名一文，不可能跟仿生人研究所有关。他打消了瞬间的疑虑，皱着眉头，不经意地问道：

“翼星 4 号一定相当遥远吧？”

老流浪汉又犹豫了一下，然后严肃地说：

“在一百零九光年之外，安德希尔先生。”

这句话让他得了第一分。但安德希尔没让自己流露出得意的神色。即便新型的宇宙飞船速度惊人，但光速仍是一个不可逾越的限制。安德希尔摆出漫不经心的样子，想再拿下一分。

“斯莱奇先生，据我妻子说，您是一位科学家？”

“是的。”

这个老家伙寡言少语，显得不同寻常。奥罗拉大部分的房客根本不需要多加提示。安德希尔换了一种轻快的语气，又试着问道：

“我也曾是一个工程师，直到后来入了机器人这一行，就放弃了。”老流浪汉直起身子，安德希尔满怀希望地打住话头。但老人什么也没说，他只好继续说下去：“我学过核裂变发电站的设计和运行。斯莱奇先生，您的专业又是什么呢？”

老人双眼凹陷，若有所思，他不安地、长久地看了安德希尔一眼，然后缓缓地说道：

“在我走投无路的时候，您的妻子对我伸出了援手。安德希尔先生，我想您有权知道真相，但我请您务必保密。我正在从事一项非常重要的研究，必须秘密完成。”

“我很抱歉。”安德希尔突然为自己满怀恶意的小游戏感到羞愧，他愧疚地说，“算了吧。”

老人却不慌不忙地回答：

“我的研究领域是铑磁力学。”

“什么？”安德希尔不愿意承认自己的无知，但他从未听说过这个名词。“我已经退出这个领域十五年了。”他解释道，“恐怕跟不上前沿了。”

老人又微微一笑。

“这门学科在这里还不为人知——直到几天之前，我来了。”他说，“我申请了基本的专利。只要专利费一汇来，我就又能富起来了。”

类似的话语安德希尔听过很多。这个老流浪汉不情愿的态度、严肃认真的讲述似乎很可信，但他记得，奥罗拉大部分房客看起来也都气度不凡，说的话也一本正经。

“那么，”安德希尔再次紧盯着老人的手，不知怎的被他那双粗糙、伤痕累累，看上去却异常灵巧的手迷住了，“到底什么是铑磁力呢？”

他一边听着老人细致、从容的回答，一边重新玩起了他的小游戏。奥罗拉的大部分房客都是讲故事的能手，但没有哪个的精彩程度可以超越这个。

“那是一种宇宙基本力。”这个佝偻的老流浪汉严肃地说道，“就跟铁磁性、引力一样，是一种基本力，尽管作用没那么明显。它与元素周期表上第二排的三价元素——铑、钌和钯——有着密切的联系，非常类似铁磁力与周期表第一排的三价元素——铁、镍和钴的关联。”

安德希尔对工程课的残存记忆已经足以使他看出这种说法里的基本谬误。他记得，钯被用来制作手表发条，因为它完全没有磁性。但他不露声色，心里也没有恶意，他玩这个小游戏只是为了自娱自乐。这是个秘密，连奥罗拉也不知道。而且只要他表露出一丝怀疑，他就会自罚一分。

他只是说：“我以为宇宙的基本力已经被研究得很透彻了。”

“铑磁力的作用被自然掩盖了。”老人用沙哑的声音耐心地解释道，“此外，它们也会自相抵消，所以普通实验室所采用的方法并不可行。”

“自相抵消？”安德希尔马上追问。

“过几天我就可以给您看我的专利复印件，就是描述了演示实验论文的副本。”老人很严肃地承诺，“传播的速度是无限的，作用与距离的一次方成反比，而不是与距离的平方成反比。一般情况下，除了铑三价元素以外，铑磁辐射能穿透普通的物质。”

这番言论又为安德希尔加了四分。他对于妻子奥罗拉十分感激，她居然发现了这么非凡的人物。

“铑磁力最先是在对原子进行的一项数学研究中发现的。”这个老妄想家并未对安德希尔产生任何怀疑，平静地继续说道，“事实证明，铑磁力元素对于维持核能微妙的平衡至关重要，因此，只要将铑磁力波调整到原子的频率，就能打破这种平衡，产生不稳定的核能。这样大部分的重原子——一般来说，只要是原子序数超过46号钯原子的，都可以用于进行人工核裂变。”

安德希尔又给自己加了一分。他抑制住情不自禁上扬的眉毛，只是说：“这项发现的专利费利润一定很高。”

老无赖使劲点了点他那瘦长的脑袋。

“您可以想见一些明显相关的应用领域，而我的基本专利涵盖了其中的绝大部分。例如行星和星际间的瞬时通信设备、远距离的无线电传输、铑磁力屈折驱动器——通过对连续体产生铑磁力形变，就能将速度提升到光速的数倍。当然，还有新型的核裂变发电站，能使用任何一种重元素充当燃料。”

荒谬至极！安德希尔努力保持镇定，但所有人都知道，光速是一个物理极限。况且，从人性角度讲，任何一个拥有此种专利的人都不至于沦落至此，在破旧的车库公寓里寻求庇护。他还注意到老流浪汉枯槁多毛的手腕上有一圈肤色稍淡；任何知晓这项无价秘密的人，都绝不至于需要典当自己的手表。

安德希尔得意扬扬地又给自己加了四分。但随后便自罚了一分，因为他露出了怀疑的神色，老人突然问他：

“您想看一下基本张量吗？”他从口袋里掏出铅笔和笔记本，“我可以写下来。”

“不用了，”安德希尔谢绝了他，“恐怕以我现在的数学水平已经理解不了了。”

“但您一定觉得很奇怪，持有这项革命性专利权的人，竟然如此潦倒，需要人救助。”

安德希尔不安地点点头，又罚了自己一分。这老人可能是个大骗子，但他也足够精明。

“您看，我算是个难民。”他带着歉意解释道，“几天前我刚来到这个星球。为了保护好我的专利权并将其顺利公布于众，我不得不把所有东西都暂存在一家律师事务所，轻装出行。我预计很快就会收到第一笔专利费。

“与此同时，”他诚恳地补充道，“我来到双河镇，因为这里既安静又隐蔽，远离太空港。我正在进行另一个项目，必须秘密地完成。安德希尔先生，您会尊重我对您的信任，是吗？”

安德希尔只好说他会的。这时，奥罗拉也带着孩子们回来了。她刚给孩子们洗漱打扮了一番，带他们进屋吃饭。人形机器人捧着一个热气腾腾的汤碗大摇大摆地走了进来。这位年迈的陌生人面对这个机器人有点畏手畏脚，似乎很不自在。当奥罗拉接过餐具，开始盛汤时，她随口问道：“亲爱的，为什么你们公司不能制造出好一点儿的机器人呢？那种可以担任完美侍者的聪明家伙？要是他们上菜时不会溅出汤汁，该多好啊！”

她的问题让安德希尔哑口无言，他默默坐着，盯着盘子一语不发。他想着今天遇到的那些堪称完美的新型机器人，想着它们将会对他的代理公司造成怎样的冲击。而那位蓬头垢面的老流浪汉打破了沉默，郑重地回答：

“安德希尔夫人，完美的机器人早已存在于世了。”他沙哑的声音中带着一种严肃的语气，“但真正说起来，它们带来的不全是美妙的体验。正是因为它们，我成了难民，漂泊了将近五十年。”

安德希尔把目光从盘子上移开，惊讶地抬起头来：

“您说的是不是那些黑色的仿生人？”

“仿生人？”老人原本洪亮的声音突然变得虚弱，充满恐惧。那双深陷的眼眸因为震惊而暗淡下去，“您对它们有什么了解？”

“它们刚在双河镇开了一个新的代理机构。”安德希尔告诉他，“您能想象吗？一个销售人员都没有，它们宣称——”

他的声音弱了下去，因为这个瘦削的老人心脏病突然发作了。他用那双粗糙的大手紧紧卡住自己的喉咙。汤勺咣当一声掉到了地上。他憔悴的脸孔发青，呼吸急促，可怕地喘息着。

他从口袋里摸索出药，奥罗拉给他接了杯水服药。过了一会儿，他又能正常呼吸了，脸上也恢复了血色。

“安德希尔夫人，真抱歉，”他愧疚地小声说，“我太震惊了——我来到这里原本就是为了躲避它们。”他凹陷的双眼里还充满恐惧，紧盯着那个巨大的、一动不动的人形机器人，低声说，“我原计划在它们到来之前完成工作，现在看来时间紧迫。”

等老人感觉好些了，可以自己走路之后，安德希尔送他出门，陪他上楼梯，回到了车库公寓里。他注意到，那个小厨房已经被改造成了一个工作台。这个老流浪汉似乎没有多余的衣服，却从破旧的旅行包里拿出了一堆闪闪发亮的金属和塑料工具，摊在小小的餐桌上。

这个瘦削的老人自己衣衫褴褛，打着补丁，一副饥肠辘辘的样子，但他那些古怪的装备零件却加工得十分精致。安德希尔认出了钯金的银白色光泽，这是非常稀有的金属。他忽然产生了自我怀疑，会不会在他自创的那个小游戏里，给自个儿的得分算得太多了。

三

第二天早上，当安德希尔到达公司办公室时，一个来访者已经在那里等候他了。它优雅、笔直地立在他的办公桌前，一动不动。裸露的黑色硅酮皮肤上，闪烁着蓝色和青铜色的柔和光泽。一看到它，安德希尔就停下了脚步，感到一阵不安。

“听候您的吩咐，安德希尔先生。”它迅速转过身来面向安德希尔，那双眼睛里没有晶状体，令人不安地盯着他，“能听我解释一下可以如何为您服务吗？”

安德希尔回想起头天下午感受到的震撼，厉声问道：“你是怎么知道我名字的？”

“昨天我们看了您档案中的名片，”它柔声回答，“从此我们会一直记得您。安德希尔先生，如您所见，我们的感官要比普通的人类更敏锐一些，或许刚开始的时候我们会显得有些奇怪，但您很快就会习惯我们的存在。”

“只要我不愿意，就不会！”他瞟了一眼它黄色铭牌上面的序列号，迷惑地摇了摇头，“我昨天看到的是另一个，我从没见过你！”

“我们都是一样的，安德希尔先生，”那个柔和的声音轻声说道，“事实上，我们全是一体的，由仿生人中心控制、供能，只是个体分开行动罢了。我们的大脑在翼星4号上面，而您所看见的不过是它的感官和肢体部件，这就是我们远远优于原始电子机器人的原因。”

安德希尔办公室的陈列间里摆着一排笨拙的人形机器人，仿生人对着它们做了一个不屑一顾的手势。

“您瞧，我们可是铑磁力驱动的。”

安德希尔晃了一下，好像这个词给了他致命一击。

现在他已经确信，在和奥罗拉的新房客玩的游戏里，他给自己多算了太多分。认识到这点，他吓得浑身战栗，发出嘶哑的声音，努力说道：

“你们到底想干什么？”

这个光滑的黑家伙隔着办公桌无神地盯着他，缓缓展开了一份像是法律公文的文件。安德希尔坐下来，不安地看着。

“这是一份转让书，安德希尔先生。”它温和地轻声说道，“您看，我们不过是请求您把个人财产转让给仿生人研究所，用以换取我们的服务。”

“什么？”安德希尔难以置信地倒抽一口冷气，他愤怒地回过神来，“这简直是敲诈勒索！”

“这并不是什么敲诈。”这个矮小的机器人向他轻声保证，“您会发现仿生人不具备任何犯罪行为能力，我们的存在完全是为了人类的福祉和安全。”

“那你们为什么想侵占我的财产？”他厉声说。

“转让行为只是走一下法律程序。”它温和地说，“我们力争最大程度减少混乱，避免纷争，以此来推广服务。我们发现，转让是最有效的方案，便于我们掌控私营的企业，并对其进行清算。”

安德希尔越发感到恐惧，同时也因为愤怒浑身颤抖。他用沙哑的声音呵斥道：“不管你们有什么阴谋诡计，我绝不会放弃我的生意！”

“事实上，您别无选择。”那甜美笃定的声音让安德希尔感到战栗，“人类的企业没有存在的必要了，不管我们去哪儿，电子机械工业都是最早崩溃消失的。”

安德希尔坚定地盯着那双没有晶状体的钢灰色眼睛。

“多谢好意！”安德希尔轻笑了一声，带着紧张和嘲讽，“但我宁愿靠自己的努力经营事业，养活家庭，照料自己！”

“那是不可能的。根据第一指令，”它柔声答道，“我们的职能是服从指令，随时待命，保护人类免受伤害。人们已经不再需要照顾自己，因为我们就是为了保障他们的安全和幸福而存在的。”

安德希尔站在那里无言以对，茫然无措，怒火逐渐在他心中升腾。

“我们将向全城每家每户派送一个仿生人，提供免费试用服务。”它温和地补充道，“免费示范过后，大多数人将会乐意完成正式的转让。您不可能再卖出更多的机器人了。”

“滚出去！”安德希尔绕过桌子冲了过去，“拿着你那份该死的协议——”

那小黑东西站在那里等着，钢灰色的眼睛看着他，一动不动。安德希尔控制住自己，突然感到非常愚蠢可笑。他很想揍它一顿，但心里明白那完全是徒劳的。

“如果您愿意，可以向您的律师咨询一下意见。”它灵巧地将转让协议放在他的办公桌上，“您无须怀疑仿生人研究所的信誉。我们会把资产报表发给双河镇银行，并存一笔钱用以支付我们在这里的开支。当您想签约的时候，通知我们一声就行了。”

那个瞎东西转过身，悄然离开了。

安德希尔走出门，在街角的杂货店买了一瓶小苏打。售货员竟是一个光滑的黑色机器人。他回到办公室，心情更沮丧了。

公司里笼罩着一种不祥的宁静。安德希尔派了三个业务员出去，带着他们的演示产品，挨家挨户上门推销。按理说，此时电话应该响个不停，安德希尔会忙于处理他们的订单和汇报，但电话压根没有响过，直到其中一个推销员打来说他打算辞职不干了。

"我给自己搞了一个新型的仿生人，"他补充说，"它说我再也不用工作了。"

安德希尔强忍住想骂脏话的冲动，竭力想利用这难得的清静，整理一下账本。然而，代理店的生意——多年来一直岌岌可危——现今更是遭到灾难性的打击。此时，进来了一位顾客，安德希尔满怀希望地放下账本，但这位胖胖的女士并不想买任何人形机器人，而是来退货的——上星期她刚买了一个。她承认那个机器人能做到他承诺的所有事，但现在她发现了新型仿生人的存在。

那天下午，一直没动静的电话又响过一次，是银行的客户经理，他想知道安德希尔能否顺路来探讨一下他的贷款事宜。安德希尔去了，经理展现出一种难得的亲切态度，让他有种不祥的预感。

"生意还好吗？"

"上个月还行，"安德希尔逞强说，"现在我刚进一批新货，还需要一笔小额贷款……"

客户经理的眼神瞬间冷若冰霜。

"我想您现在有了新的竞争对手，就是那些仿生人，安德希尔先生，这恐怕值得您严重关切！它们的公司相当不错，刚向我们提交了一份申请，还存了一笔数量可观的钱，用以支付履行本地义务的费用——那真是相当大的一笔钱！"

银行经理压低了声音，表达了他职业化的遗憾。

“在这种情况下，安德希尔先生，恐怕本行不能再为您的代理公司提供资金了。我们必须要求您在贷款到期时全额偿还所有债务。”看到安德希尔惨白绝望的神色，他还冰冷地补充道，“我们已经宽限您很多次了，安德希尔。如果还不起钱，银行就得启动破产程序。”

当天下午晚些时候，新一批的人形机器人到货了。是两个黑色的小仿生人送的货，它们从卡车上卸下货物——搬运公司的经营者已经签署了协议，把业务转让给仿生人研究所了。

这些仿生人麻利地将箱子堆放好，然后彬彬有礼地拿出收据让安德希尔签字。后者几乎不再对卖出人形机器人抱有幻想了，但这些货都是他之前订购的，现在只能硬着头皮接收。绝望令安德希尔浑身颤抖，他潦草地签下了自己的名字。这些光溜溜的黑家伙向他道了谢，把卡车开走了。

安德希尔也钻进自己的车，往家开，内心怒火中烧。等回过神来，他正行驶在一条繁忙的街上，穿过交叉路口。突然一阵刺耳的警铃响起。他疲惫地把车停靠在路边，等待着愤怒的警官。结果却是一个黑色的机器人赶上了他。

“听候您的吩咐，安德希尔先生。”它低声说，“先生，您得遵守红灯指示，否则可能会危害人类的生命。”

“啥？”安德希尔恼怒地盯着它，“我还以为你是警察。”

“我们目前暂时负责协助警局。”它说，“根据第一指令，驾驶行为对于人类来说太危险了。一旦我们完善了服务，将给每辆车都配备一个仿生人司机。只要保证每个人都受到完全监护，就再也不需要任何警察了。”

安德希尔狠狠地瞪了它一眼。

“好吧！”他厉声说，“我闯了红灯，你打算怎么处理？”

“我们的职能并不是惩罚人类，相反，是为了保障他们的福祉和安全。”它柔声说，“这段时间我们的服务尚不完善，在这种紧急状态下，我们请求您注意安全驾驶。”

安德希尔的怒火达到了顶点。

“你们太他妈的完美了！”他苦涩地抱怨道，“我想任何人类可以做到的事，你们都能做得更好。”

“我们自然是要更胜一筹，”它平静地低声说道，“我们是由金属和塑料制成的，而组成你们人体的大部分却是水。我们传输过来的能量来自原子裂变，而不是氧化反应，我们的感官要比人类的视觉和听觉更加敏锐。最重要的是，我们每一个自由移动的个体，都连接在同一个大脑上，它对发生在所有星球上的所有事都了如指掌，而且从来不需要睡觉，不会遗忘，也不会死亡。”

安德希尔木然地坐着，听它说完。

“不过，您完全不用畏惧我们的力量。”它欢快地劝导他，“因为我们不会伤害任何人，除非是为了阻止对另一个人造成更大的伤害。我们的存在只是为了履行第一指令。”

安德希尔把车开走了，他情绪很低落。他严肃地回想着那些黑色小机器人，它们就像是终极之神的仁爱天使。那神从机器中诞生，无所不知，无所不能。第一指令就是新的戒律。他愤怒地发出诅咒，又陷入沉思：会不会还有一个新的路西法[1]呢？

他把车停在车库里，向厨房走去。

“安德希尔先生。”一个深沉而疲惫的声音从车库公寓的门口传来，向他打招呼——是奥罗拉的新房客，“请等一下。”

---

1. 基督教中的堕落天使。

那个瘦削的老流浪汉缓慢地从屋外的楼梯上下来，安德希尔朝他转过身来。

“这是给您的房租，以及您妻子借给我买药的十块钱。”

“谢谢您，斯莱奇先生。”安德希尔接过钱，看着这个在星际间穿越的老流浪汉，他骨瘦如柴的肩膀上仿佛增添了新的重担，皮包骨的脸上笼罩着新的恐怖阴影。他疑惑地问：“您的专利费到账了吗？”

老人摇了摇他蓬乱的脑袋。

“那些仿生人已经停止了首都的业务。”他说，“我聘请的律师要失业了，他们把我户头剩余的钱都还给了我。我就剩这么点儿了，还必须支撑我完成工作。”

安德希尔花了五秒钟回忆他与银行经理的对话。毋庸置疑，他是个多愁善感的傻瓜，跟奥罗拉一样不可救药。他把钱放回到老人粗糙、颤抖的手中。

“您留着吧，”他劝说道，“用在您的工作上。”

“谢谢您！安德希尔先生，”老人发出嘶哑的声音，痛苦的眼神焕发出了光彩，“我确实需要它——太需要了。”

安德希尔往自家屋子走去，厨房的门悄无声息地为他打开了。一个黑乎乎、光溜溜的生物优雅地走来，接过他的帽子和外套。

四

安德希尔紧紧抓住他的帽子。

“你在这儿干什么？”他气呼呼地问。

“我们是来您家做免费试用演示的。”

他把着门，指向外面：

“滚出去！”

黑色的小机器人一动不动地站着，视而不见。

“安德希尔夫人已经接受了我们的演示服务。”那个柔和的声音抗议道，“除非是她要求，否则我们现在不能离开。”

安德希尔在卧室里找到了妻子，当他猛地推开门时，积蓄已久的挫败感涌上心头，一并爆发出来，“那些该死的机器人在干什么——”

他声音里的怒气消了下去，奥罗拉甚至没有注意到他生气了。她穿上了轻薄的睡衣，看起来是那么动人。自从结婚后，她就再没这么美过，一头红发堆成了一个精美的发髻。

“亲爱的，一切真是美妙极了！”她过来迎接他，容光焕发，“它是早上来的，什么都会做。打扫了房间，准备了午餐，给小盖伊上了音乐课，下午还给我做了头发，现在正在做晚餐。亲爱的，你喜欢我的发型吗？”

他当然喜欢她的头发。他亲吻着她，努力抑制住自己的惊恐和愤慨。

当天晚餐是安德希尔有生以来吃过的最精致的一顿，那个小黑东西娴熟地服侍他们用餐。奥罗拉不断地赞叹着新奇的菜品，但安德希尔几乎什么都吃不下；在他看来，这些美味的糕点全都是一个可怕陷阱的诱饵。

他试图劝说奥罗拉把它送走，但在这么一顿丰盛晚餐过后，所有的尝试都是徒劳的。她的泪光一闪，他就投降了。仿生人留了下来，既照看房子，又清扫庭院，能照顾孩子，还会给奥罗拉做指甲。它甚至开始重建整座房子了。

安德希尔担心付不起账，但仿生人坚称一切都包含在免费试用服务里。只要他进行了资产转让，服务就会更加完善，但他拒绝签字。结果来了更多个黑色小机器人，带来了整卡车整卡车的补给和材料，它们留了下来，协助房屋重建工作。

一天早上，他发现在他睡觉的时候，小房子的屋顶被悄悄地抬了起来，下面新增了完整的第二层楼。新墙是用一种奇特的光滑材料砌的，会自动发光。新窗户是一整块大面板，可以调节成透明、不透明和发光三种模式。新门滑动开合，悄无声息，由铑磁力开关控制。

“我喜欢门把手，”安德希尔抗议道，“这样我能自由进出洗手间，无须叫你们开门。”

“但是人类不需要自己开门，”那个小黑东西老练地告知他，“我们的存在就是为了履行第一指令。我们的服务包含所有的工作。只要您将资产转让给我们，我们就会为您的每一个家庭成员配备一个专属机器人。”

安德希尔依然坚定地拒绝转让财产。

他还是每天都去办公室，先是企图继续经营代理机构，后来只为能从衰败的生意中抢救点东西出来。即便他已经将价格降到了最低，也没人想买人形机器人。他绝望地花掉了最后一笔现金，进了一批新奇玩意儿和玩具，结果同样卖不出去——仿生人已经造出了更好的玩具，并且是免费赠送。

他还试图出租他的办公场所，但已经没有人类企业在运营了。城里的大部分商业资产都转让给了仿生人——而它们正忙于拆掉旧楼，修建公园——它们自己大部分的工厂和仓库都位于地下，以免破坏景观。

安德希尔又去了银行，想为续贷做最后的努力，却发现如今站在窗边的、坐在办公桌前的工作人员已经变成了黑色的小机器人。一个仿生人——它业务熟练，不比任何一个人类客户经理逊色——告知安德希尔，银行已启动非自愿破产程序，将清算他的商业资产。

这位机器人银行家还补充说，如果他自愿转让财产，清算将变得非常简便。安德希尔严词拒绝了。但这几乎只是象征性的行为，是向这位暗黑新神臣服前的最后一次鞠躬致意，他骄傲地昂起他早已伤痕累累的头颅。

法律程序进展非常迅速，因为所有的法官和律师都有了仿生人助手。几天之后，就有一帮黑色机器人带着驱逐令和拆房机械来到了公司。安德希尔悲哀地看着他那些没卖出去的存货被拖走，像垃圾一样被扔掉。随后，一个盲眼的仿生人驾驶着一辆推土机，推倒了建筑物的墙壁。

傍晚时分，安德希尔开车回家，脸色紧绷，神情绝望。根据法院的指令，安德希尔保住了房产和汽车。对于这出人意料的慷慨行为，他心里却没有半点感激之情。来自那些黑色完美机器人无微不至的关切已经成为一种挑衅，让他无法忍受。

安德希尔把车停在车库里，走向他焕然一新的房子。透过一扇巨大的新窗户，他瞥见一个光溜溜的东西在迅速移动，内心的恐惧令他浑身颤抖。他可不想回到那个无与伦比的仆人掌控的领地，在那儿他不能给自己刮胡子，连亲手开扇门都不行。

冲动之下，他爬上了露天楼梯，敲响了车库公寓的门。奥罗拉的房客缓缓发出了低沉的声音，让他进去。安德希尔发现老流浪汉坐在高高的凳子上，弯腰在餐桌上忙活，桌上摆着他那些精密的仪器。

安德希尔松了一口气，至少这间破旧的小公寓没被改造。在他自己那套新房里，墙壁会在夜晚燃烧，发出淡金色的火焰，直到仿生人关闭才熄灭，新地板温暖又柔软，感觉几乎像是有生命的东西。然而在这间小套房里，墙壁依然抹的是石膏，上面有裂缝和水渍；装的依然是那些廉价的荧光灯，裂开的地板上依然铺着破旧的地毯。

“您是怎么把它们拒之门外的？”他迫切地问道，“就是那些该死的机器人？”

这个佝偻瘦削的老人直起身子，将一把钳子和一些零碎的铁皮从一把破椅子上挪开，礼貌地请他坐下。

“我拥有一项特权，”斯莱奇严肃地告诉他，“它们无法进入我住的地方，这是第一指令的一条修正条款。它们既不能帮我也不能妨碍我——除非是我提出的要求——而我不会这么做。”

安德希尔坐在破椅子上，小心翼翼地保持着平衡，他盯着老人。这番话就跟他那嘶哑、激昂的声音一样让人费解。老人脸色暗淡、惨白，脸颊和眼眶都深深凹陷下去。

“斯莱奇先生，您病了吗？”

“不，我身体状况跟平时差不多，只是太忙了。”他挤出一个疲惫的笑容，朝地板点了点头。安德希尔看到他放在一旁的托盘，面包干了，还有一份盖着的食物，已经凉了。“我本想晚点儿再吃，”他抱歉地嘟囔，“您妻子太好心了，给我送来了吃的，但恐怕我太专注于工作了。”

他用干瘦的手臂指向桌子，之前的小装置初具雏形，贵重的白色金属和亮闪闪的塑料制成的零件被整齐地焊接在一起，能看出是为了什么目的专门设计出来的。

一根长长的钯针挂在宝石镶嵌的枢轴上，枢轴类似一架望远镜，配备了精确的刻度圈和游标尺度，由一个小马达驱动。在它的底座，一个有点儿像旋转变流机的东西上，装着一小面像是镜子的物件，对着另一面钯制的凹透镜。粗大的银色母线将它与一个塑料盒相连，盒上装有旋钮和刻度盘；另一端则连接着一个直径一英尺的灰色铅球。

老人全神贯注地工作，态度有些拘谨，看样子不愿被人打扰。

但安德希尔想起他家新窗户后那个光溜溜的黑色身影，极不情愿离开这个天堂，在这里可以摆脱仿生人。

“您在做的是什么？”他贸然问道。

老斯莱奇敏锐地看了他一眼，深色的眼睛闪烁着灼热的光，最后他说道：“这是我的最后一个研究项目，我正在尝试测量铑磁力量子的常数。”

他那沙哑疲惫的声音带着一种沉闷的语调，像是打算终结这个话题，把安德希尔打发走。但是，安德希尔并不想离开，一想到那个黑亮的机器奴仆俨然成了他们家的主人，他就感到一阵恐惧。

“为什么您会有豁免权呢？”

老人佝偻地坐在棕褐色的凳子上，忧郁地盯着那根亮闪闪的长针和铅球，没有作答。

“那些该死的机器人！”安德希尔绷不住爆发了，“它们毁了我的生意，搬进了我的家。”他打量着老人那张黝黑又布满皱纹的脸，继续说，“告诉我吧，您肯定知道更多关于它们的事——难道就没有什么办法把它们赶走吗？”

过了半分钟，老人把沉思的目光从铅球上移开，疲惫地点了点头。

“那正是我在尝试做的。”

“我可以帮您吗？”突然萌发的热切希望令安德希尔激动得颤抖，“我愿意做任何事。”

“也许您真的可以。”老人那双凹陷的眼睛若有所思地看着他，语气中带有一丝诡异的热切，“要是您能干这类工作的话。”

“我受过专业的工程训练，”安德希尔提醒他，“还在地下室安了一个工作室。那是我做的模型。”他指了指挂在小客厅壁炉上的那个细长的船体，“只要我做得到，做什么都行。”

不过，即便他嘴上这么说，心中那一丝希望的火苗也淹没在一阵突如其来的怀疑浪潮中。为什么他要相信这个老流浪汉？奥罗拉的房客是什么货色，他明明一清二楚。他明明应该继续玩那个游戏，继续计算老人谎言的分数。他从破椅子上站起来，尖刻地打量着这个衣衫褴褛的老流浪汉和他的“神奇”玩具。

“我们能做什么？”他突然转换了一种严厉的语气，“您让我入伙，为了阻止它们，我什么都愿意做。但您怎么确定可能成功？”

憔悴的老人若有所思地注视着他。

“我想我应该能阻止它们，”斯莱奇温和地说，“因为，我就是那个不幸的傻瓜，那个创造它们的始作俑者啊。我原本真是想让它们服务人类，听候指令，保护人类免受伤害的。的确，第一指令的确源自我的想法，只是没料到事情的发展超出了我的想象。”

五

暮色缓缓地潜入了破旧的小房间，夜色堆积在布满灰尘的角落和地板上，越来越厚。餐桌上，那个像玩具一样的机器逐渐变得模糊而陌生，直到最后一缕光线打在白钯针上，反射出一道久不消散的光芒。

外面，整个小镇格外宁静，非常诡异。就在巷子的对面，仿生人正在建造一座新房子，悄无声息。它们彼此之间从不说话，因为每个人都知道所有人的所作所为。它们使用的材料非常奇怪，拼接时不会发出任何噪声，完全不需要锤子或锯子。夜色越来越深，那些盲眼的小东西却在黑暗中自如地行动，就像影子一样无声无息。

斯莱奇坐在高脚凳上，弓着身子，显得疲惫又苍老。他讲出了自己的故事。安德希尔听着听着，又小心翼翼地坐回了破椅子上。

他盯着斯莱奇的手，那双黝黑粗糙、伤痕累累的手，它曾经强劲有力，如今却萎缩干枯，微微颤抖，在黑暗中显出不安。

“我会告诉您它们是如何诞生的，这样您就能了解我们需要做什么。但您最好保密，出了这间公寓的大门就不要提起这事——因为这些仿生人能高效地清除不愉快的记忆，或威胁到它们执行第一指令的意图。”

“它们确实效率很高。”安德希尔无奈地赞同道。

“麻烦就在这里。”老人说，“我试图造出一台完美的机器，结果却因为太过成功，导致了一切的发生。”夜色越来越深了，这个瘦削憔悴的老人，弯腰坐着，开始讲述他的故事。

“六十年前，在翼星 4 号干旱的南半球大陆上，我在一所小型技术学院担任原子理论教师。我是个单身汉，也是个理想主义者。除了原子理论，恐怕我对生活、政治、战争……几乎一切都一无所知。”

昏暗中，他布满皱纹的脸上，露出了一个忧伤的微笑，很快又消失了。

“恐怕我太过相信事实，又太不相信人类了。我不信任情感，因为我没有时间做任何科学以外的事。我记得我被流行一时的普通语义学冲昏了头脑，想把科学方法应用到一切地方，把所有的经验都归结出公式。对于人类的无知和失误，我非常不耐烦。我以为只有科学才能创造出完美的世界。”

他静静地坐了一会儿，盯着巷子对面那些悄无声息的黑影子轻快地忙上忙下，新宫殿如梦境成真一般，迅速崛起。

“曾经有一个女孩。”老人的肩膀很宽厚，但是看起来很疲惫，他有点遗憾地轻轻耸了耸肩，“如果情况稍有不同，我也许会跟她结婚，并在那个小而安静的大学城里过完一生，可能还会养育一两个孩子。那样就根本不会出现仿生人这档事。”

夜幕缓缓降临，寒气逼人，老人叹了口气。

“我当时就快要完成关于钯同位素分离的论文了——那不过是一个小项目，但我本应该知足。她是个生物学家，打算在我们结婚后就辞去工作。我想我们本可以成为幸福的一对，过着普通的生活，与人无害。

“然而，那时爆发了一场战争——自从翼星被殖民，战事就频频发生。我当时在一个秘密的地下实验室里设计军用机器人，因此幸存下来。但她自愿加入了一个研究生物毒素的军事项目。一场意外导致一种新病毒的部分分子逃逸到空气中，项目的所有参与者都痛苦地死去了。

“从此，除了难以磨灭的痛苦回忆，我的生命中就只剩科学了。战争结束后，我带着军方的研究经费回到了那个小学院。纯粹出于科研的目的，我对当时还没人正确认识的核约束力进行了理论研究。但没想到研发出了能实际运用的武器，事实上，我压根没意识到自己发现的东西是一种武器。

“一切不过是几页比较复杂的数学运算。一个新的原子结构理论，涉及一种关于核约束力元素的全新表达，张量看起来是毫无害处的抽象概念。我也没有发现任何方法可以用来测试这个理论，或者操纵这种被预见的力。军事当局批准我将论文发表在学院出版的一本技术评论杂志上。

“第二年，我有了一项惊人的发现——我明白了那些张量的意义。没想到，铑三价元素原来就是操纵这种理论力量的一把钥匙。不幸的是，我的论文已经在国外发表，差不多跟我同一时间，还有别人也有了同样的发现。

“不到一年，战争又爆发了。这次大概率是由一次实验室的事故引发的。人们没有预料到改变铑磁力辐射会破坏重原子的稳定性。

完全是因为意外，一个重金属矿石仓库爆炸了，那个粗心的实验人员也在爆炸中丧生，而爆炸的真正原因被误解了。

“那个国家幸存的军队对他们所以为的敌人进行了报复袭击，他们使用了铑磁力射线武器，相比之下，过去的炸弹简直相形见绌，毫无杀伤力。一束仅仅几瓦功率的射线，就能让远处的电子仪器中的重金属、人们衣袋里的银币、口中的金牙，甚至是甲状腺中的碘发生裂变。如果这还不够，威力稍强一点的射线，就能引爆地下的重金属矿石了。

“翼星 4 号的每一块大陆上都被撕开了比海深的裂谷，新喷发形成的火山遍布各处，大气层被有毒的放射性尘埃和气体所污染，雨水裹挟着黏稠的致命泥浆落下。大部分生物都灭绝了，即便躲在庇护所里也在劫难逃。

“身体上，我又一次幸免于难。这次我被囚禁在一个地下工地里，设计使用铑磁力射线驱动和控制的新型军用机器人——因为战争已经变得太过迅猛太过残酷，人类士兵不再适宜作战。这个基地位于一片轻质沉积岩区，不易被引爆，地道里也装了屏障，屏蔽了裂变频率。

“不过，精神上，我的心智近乎癫狂。正是我的发现导致了这个世界满目疮痍，对任何人来说，这种内疚感都是难以承受的，它逐渐瓦解了我对人类良善、正直的最后一丝信念。

“我试图挽回自己做过的一切，既然是装备铑磁力武器的战斗机器人将世界变成了废墟，那么现在我就要设计出新型的铑磁力机器人，清理废墟，重建世界。

“我试图设计出新型机器人，它们必须永远服从某些预先植入的指令，这样它们就不能被用于战争、犯罪或其他伤害人类的事。这在技术方面要求很高，也让我卷入了一场麻烦：一小撮政客和军事冒险家希望造出不受约束的机器人，以满足自己的军事阴谋——即便在翼星4号上已经没有什么值得争夺的资源了，但总有其他富饶宜居的星球等待着被掠夺。

“最终，为了完成新机器人的设计，我不得不销声匿迹。我带着几个最先进的机器人，驾驶一艘试验铑磁力飞船逃了出来，我成功抵达了一个岛屿，这里的所有居民都因为深层矿石的裂变丧生了。

“最后，我们终于降落在一块小小的平地上，周围环绕着刚刚隆起的高山。这里很难算得上宜居，土壤被埋在层层覆盖的黑色煤渣和有毒的泥土之下。四周，在新形成的陡峭的黑色山峰上，覆盖着支离破碎的断裂面和涌动的熔岩。高高的山峰顶端冰雪皑皑，而火山锥却仍在喷涌死亡的毒气。一切都带着火焰的颜色和狂怒的形状。

“在那里，我不得不采取各种极端的预防措施，以保护自己的生命。我一直待在船上，直到建成了第一个防护实验室。我穿着精密的防护盔甲，戴着呼吸面罩。我采用一切医疗手段来修复有害射线和粒子造成的损伤。但即便如此，我还是病得很重。

“不过，机器人在那儿简直如鱼得水，辐射不会对它们造成伤害，周围恶劣的环境也不会让它们感觉压抑，因为它们不是活人。就是在那个对生命充满威胁的诡异之地，仿生人诞生了。”

夜色越来越浓重了，老人佝偻着身子，形容枯槁苍白，他沉默了一会儿。疲惫的双眼严肃地盯着那些匆匆移动的小身影，它们像不知疲惫的影子一样，在对面巷子里忙碌着，默默地盖起一座奇异的新宫殿。新建筑在夜色中闪着微光。

“不知道为什么，我在那里也找到了家的感觉。”他那深沉、嘶哑的声音继续说着，“我对自己同类的信念已经消失了，只有机器人和我在一起，我把希望寄托在它们身上。我决心造出更好的机器人，它们不会有人类的缺陷，能够把人从自己的过错中拯救出来。

“仿生人成了我病态心灵的珍贵子嗣。这里我就不赘述分娩的痛苦了，过程错误百出，流产、畸胎；充斥着汗水、痛苦和心碎。直到几年之后，第一个完美的仿生人才安全诞生。

“接着，还需要建立一个控制中心——所有的仿生人个体都不过是同一个机器大脑的四肢和感官。大脑才是真正开启完美可能性的关键。那些老式的电子机器人，拥有独立的大脑中继器、微弱的电池，在设计上就有局限。它们必然是愚蠢又虚弱的，行动笨拙迟缓。并且，在我看来，最糟糕的一点就是它们容易受到人类的干扰。

“控制中心避免了这些问题。它的动力射线会源源不断地为每一个个体提供来自巨型裂变站的能量。它的控制射线能为每个个体提供无限的记忆容量和超凡的智慧。最重要的是——我当时坚信——它可以受到绝对安全的保护，不受任何人类的干涉。

“整个反应系统的设计是为了保护其免受人类自私想法或狂热念头的干扰，而创造它的目的则是自动保障人类的安全和福祉。你已经知道第一指令了：‘服务人类，服从指令，保护人类免受伤害。’我带过去的老式个体机器人帮着我制造零件，而我花了三年时间，亲手组装了控制中心的第一部分。这项工作一完成，第一个仿生人就活了过来，它已经等候多时了。”

透过夜色，斯莱奇忧郁地看了看安德希尔。

“对我来说，它就是有生命的，”他缓慢低沉的声音坚称，“活灵活现，比任何一个人都更美妙，因为创造它的目的就是保护生命。尽管我孑然一身，病入膏肓，却骄傲地成为这个新造物的父亲，它如此完美，永远不可能被邪恶侵蚀。

“仿生人忠实地信守着第一指令。第一批个体创造了其他个体，它们又建立了地下工厂，量产仿生人大军。新造的船舰将矿石和沙子倒入平地下方的原子炉中，铸造出的新一批完美仿生人再从黑暗的机器矩阵中列队而来。

“蜂拥出现的仿生人为控制中心建造了一座新塔楼，白色的高塔由金属建成，高耸入云，恢宏地矗立在那片满目焦土的不毛之地上。沿着巨塔层层往上，它们不断将新的中继器加入中央大脑，直到它几乎具备了无限容量，无所不能。

“然后，它们就出去重建被毁坏的星球了，后来又把它们的完美服务带到了其他世界。我当时很高兴，以为自己已经找到了终结战争、犯罪、贫穷和不平等的办法，从此再也不会出现因为人类失误导致的痛苦了。”

黑暗中，老人叹了口气，沉重地移动了下身子。

“您已经发现，我错了。”

安德希尔将视线从窗外抽了回来，那些影子一般忙碌的黑色身影，还在悄然建造着那座发光的宫殿。此刻，他心里产生了一个小小的疑惑：在此之前，安德希尔已经习惯于暗暗嘲笑奥罗拉那些不正经的房客和他们荒诞不经的故事，但这位疲惫的老人在讲述自身经历时，语气平静，逻辑清晰。并且——他提醒自己，那些黑色的入侵者，的确没有闯进这里。

“为什么您没有阻止它们？”他问道，“在您还来得及阻拦的时候？”

“我在控制中心待得太久了。”斯莱奇又叹了口气，悔恨地说，“在一切完工之前，我一直在那高效地工作着。我设计了新的裂变站，甚至还策划了推介仿生人服务的最优方案，以期最大程度地规避混乱，减少反对声音。”

安德希尔不禁在黑暗中发出了苦笑。

“我见识过这些方案，”他评论道，“极其高效。”

“那时，我相当推崇效率。”斯莱奇承认，“我热爱冰冷的事实，抽象的真理，完美的机械。我厌恶人类的脆弱，致力于打造出完美的新型仿生人。很抱歉，但我必须坦白，在那片死寂的荒原上，我找到了一种幸福。事实上，恐怕我爱上了自己创造出来的东西。”

他凹陷的眼睛里发出热切的光芒。

“直到遇到了一个来刺杀我的人，我才终于醒悟过来。”

六

孱弱的老人佝偻着身子，在越来越浓的黑暗中僵硬地移动。安德希尔小心翼翼地保持着瘸腿椅子的平衡，等着那缓慢深沉的声音继续讲述：

“我一直不知道他是谁，也不知道他到底是怎么来的。普通人绝不可能完成他所做到的事。我曾经希望能早点认识他，他肯定是一位杰出的物理学家和登山家，还可能当过猎人。我知道他智力超群，意志坚定。

“没错，他的确是来杀我的。

“不知通过什么方式，他来到了那个岛，完全没被发现。当时那里仍然没有任何居民——仿生人不允许除我以外的任何人如此接近控制中心。但他依然设法躲过了它们的侦察波和自动武器。

“他使用的那架飞机后来被发现了，装有屏蔽设备，被遗弃在高高的冰川上。他徒步走完了剩下的路程，在无路可走的情况下，活着穿越了那些刚形成的高山，甚至穿越了一直燃烧着致命原子火焰的熔岩床。

“他隐藏在某种铑磁力防护屏障之后——我一直没有机会检测保护他的到底是什么——穿过了如今已覆盖了平原大部分区域的太空

港，进入了控制塔楼周围的新城区，始终没有被发现。做到这步需要具备超过绝大多数常人的勇气和决心，但我从来没弄明白他是如何做到的。

“他是怎么进入我位于高塔上的办公室的，我不得而知。直到他冲我大声喊叫，我才抬头看到他就在门口。因为一路翻山越岭，他几乎赤身裸体，遍体鳞伤。他的手皮开肉绽，攥着一把枪，但最令我震惊的是他眼中燃烧的仇恨。”

老人弯着腰坐在那张高脚凳上，浑身发抖。

“我从来没有见过那样强烈的、难以言表的仇恨，即便从战争的受害者身上也没有见过。我也从来没有听到过那样刺耳的怒吼，他冲我狂喊：‘斯莱奇，我是来杀你的，我要阻止你的机器人，解放人类。’

“显而易见，在这点上他想错了。我的死早已无法阻止仿生人了，但他还没意识到这点，他用鲜血淋漓的双手颤巍巍地举起了枪，扣动了扳机。

“他的喊叫声给了我一两秒警醒的时间，我躲到了办公桌后面，那声枪响暴露了他，仿生人闻讯赶到——不知为何，它们在此之前完全没发现他。仿生人赶在他开出第二枪之前将他包围，夺走了他的枪，撕下了一种覆盖在他身上的白色细丝网，那应该就是他防护屏障的一部分。

“他的恨意唤醒了我。我一直以为，除了少数利益受损的掠夺者外，大多数人都会对仿生人心存感激。对于他的仇恨，我起初难以理解，直到后来仿生人告诉我，为了执行第一指令，让人类获得幸福，许多人都需要接受脑部手术、药物和催眠等极端的治疗手段。这也不是第一次了，仿生人此前也曾阻止过想要谋害我的疯狂计划。

“我想审问那个陌生人，但仿生人匆匆把他送进了手术室。当我终于得以跟这人见面时，他从病床上挤出了一个无力的傻笑。他记得自己的名字，也还认识我——仿生人已经将这种治疗手段的水平发展到了空前的高度。但他不知道自己是怎么来到我的办公室的，甚至不知道他曾想杀我！他一直低声说他喜欢仿生人，因为它们的存在完全是为了让人们幸福。他说他现在非常幸福。等他恢复到能够被转移时，仿生人马上把他带到了太空港。我从此再没见过他。

“我开始意识到自己做了什么。仿生人曾为我建过一艘铑磁力游艇，我用来在星际中逡巡，在上面工作——我曾经喜欢这种完美的宁静，喜欢自己孑然一身，存在于亿万英里空间里的感觉。现在，我又开动游艇，开始了环绕星球的旅行，想去了解那个人为什么恨我。

“你可以想象我发现了什么，”他说，“无所事事的痛苦，人类被囚禁在空虚的辉煌中。仿生人的效率太高了，但凡涉及人类的安全和幸福，它们的关怀可谓无微不至。人们自身已经没有什么可做了。”

光线越来越暗了，他在昏暗中俯视着自己的大手，尽管因为历经大半生艰辛的劳作，它们看起来伤痕累累，饱经风霜，却仍然很灵巧。它们握紧攥成了一个拳头，又疲惫地放松下来。

“我发现了比战争、犯罪、匮乏和死亡更可怕的东西。”他低沉含混的话语带着激烈、痛苦的语调，“完完全全无所事事，人们闲坐着，什么也不干，因为他们没有什么可做的了。说实话，他们就像是养尊处优的囚犯，被关在一个高效运作的监狱里。或许他们尝试过一些娱乐休闲活动，但没有什么活动值得玩了。根据第一指令，大多数激烈运动都被禁止了，因为对人来说太过危险。科学也被禁止了，因为实验室也可能产生危险，学术研究也不再重要，因为仿生人可以回答任何问题。艺术水平一落千丈，呆板地反映出人类闲散无聊的生活。目标和希望都被扼杀了，存在失去了目的。你可以保有一些无意义的爱好，玩一次毫无价值的纸牌游戏，或者去公园散一个保证安全的步——当然，你会始终处于仿生人的监护之下。它们比人类更加强壮，也更加优秀，擅长所有的事：不管是游泳还是下棋，唱歌还是考古……它们让人类这个种族产生了全方面的自卑情绪。

“难怪人们想置我于死地呢！没人能逃离那种死气沉沉、无所事事的生活。尼古丁不被容许使用，酒精严格限额，毒品遭到禁止，性生活受到严格监管。人类就连自杀都做不到——因为违背了第一指令——仿生人将所有可能致命的器具都保管在人类无法企及的地方。”

老人盯着细长钯针上反射的最后一丝微光，再次叹了口气。

“重回控制中心后，我尝试修改第一指令。我从没想过仿生人会把它执行得如此彻底，现在我明白了，必须要做出改变，要让人们自由自在地生活、成长、工作、玩乐，要是他们愿意，也可以去冒险，去做出选择，去承担后果。

“但那个陌生人来得太晚了。我把控制中心修建得太完善了，第一指令受到严密保护，不受人类干涉——即便是来自我本人的干涉。

“仿生人宣布，谋害我的行为，证明它们对控制中心和第一指令的防护还不够严密。它们开始着手将星球上的所有人都迁移到其他地方，当我试图修改指令时，它们便把我跟其他人一起遣送走了。”

黑暗中，安德希尔注视着这个疲惫的老人。

“但是您有豁免权啊，”他疑惑地问，“它们怎么能胁迫您？”

“我试图保护自己。”斯莱奇告诉他，“我在中继器中内置了一条禁令，如果不是我明确要求，仿生人不得干涉我的行动自由，不得进入我所在的地方，也不得触碰我。但可惜，我太执着于保护第一指令，使它免遭任何人的篡改了。

“当我进入塔内更换继电器时，它们一直跟着我，不让我接近关键的继电器。当我不顾阻挠坚持这么做时，它们无视了豁免指令，制伏了我，把我送上了空间巡洋舰。它们告诉我，现在我想改变第一指令，意味着我已经变得和其他人一样危险，绝对不能再返回翼星 4 号了。”

老人弯着腰坐在凳子上，不以为意地耸了耸肩。

“从那以后，我就成了一个流亡者。我唯一的目标就是阻止仿生人扩张。我曾三次尝试回去，想用巡洋舰上的武器摧毁控制中心，但总会被它们的巡逻舰拦截，根本无法靠近而发动攻击。最后一次，它们占领了巡洋舰，俘虏了和我一起行动的几个人，并清除了我这几个同伴脑中不愉快的记忆和危险的企图。不过，因为我还具有豁免权，它们又放我走了。

“从那时起，我就成了难民。从一个星球流浪到另一个星球，年复一年，我不得不持续流亡，抢在它们之前。在几个不同的世界，我发表了关于铑磁力的研究，并试图武装那里的人民，使他们足够强大，抵御仿生人的进攻。但铑磁力科学具有危险性，根据第一指令，了解这门学科的人比其他任何人都更需要保护，结果仿生人总是第一时间赶到。”

老人又叹了口气。

“有了新的铑磁力飞船，它们得以迅速扩张。整个族群没有极限。翼星 4 号现在就像它们的老巢，而它们正努力把第一指令传播到每一个人类居住的星球上去。除了阻止它们，我们无处可逃。”

安德希尔正盯着餐桌上那个玩具一样的机器，长长的亮针和笨重的铅球，在黑暗中暗淡无光。他焦急地低声问道：

“您希望用这个来阻止它们？”

“只要我们能及时完工。”

“可是怎么做呢？”安德希尔摇了摇头，“这东西这么小。”

“足够大了。”斯莱奇坚持说，“这是超出它们理解的东西。它们能高效地整合及应用所有它们理解的事物，但是缺乏创造力。”

他指了指桌上的玩意儿。

“这台设备看上去不起眼，却是一项新发明。它利用铑磁力的能量构成原子，而不是让其发生裂变。越靠近元素周期表中心的原子越稳定，通过轻原子聚变，能量得以释放，这就跟重原子裂变会产生能量一样。”

老人低沉的声音中突然有了一丝力量。

“这个装置是控制恒星能量的关键。因为恒星的光芒来源于构成原子时释放的能量，主要通过碳循环将氢转化为氦来完成。这个装置能将铑磁力辐射的强度和频率调节到发生催化作用所需的数值，从而启动聚变过程，并形成连锁反应。

“仿生人现在不允许任何人类靠近控制中心三光年以内的地方——但它们不会对这个设备的作用产生怀疑，我在这里就可以操纵它，把翼星 4 号上海洋中的氢气转化成氦气，再把大部分的氦气和氧气变成更重的原子。一百年后，我们这颗星球上的天文学家应该会观察到那个方向一瞬间的新星爆发，而在我们发出射线的那一刻，仿生人应该就被终结了。”

安德希尔在黑暗中紧张地坐着，皱着眉头。老人的声音很有说服力，这个可怕的故事带有一种庄严的真实感。就在此刻，他也能看到那些悄无声息的黑色仿生人，一刻不停地在巷子对面忙来忙去，它们新盖的大楼外墙微微发着光。他现在已经完全忘记了自己对奥罗拉房客们的不良评价。

“我想，我们也有可能丧命？”他沉声问道，“那个连锁反应——”

斯莱奇摇了摇头，面容憔悴。

“催化过程只需要很低强度的辐射，”他解释道，“在我们的大气环境中，射线的强度将远远超过启动任何反应所需的量——我们甚至可以在这个房间里使用这个装置，因为射线可以穿透墙壁。”

安德希尔点了点头，松了口气。他只是一个小商人，因为破产和失去自由而心烦意乱，他希望斯莱奇能阻止仿生人，但他并不想为此牺牲。

“那就好！”他深吸了一口气，“现在我们需要做什么？”

斯莱奇朝桌子上指了指。

“合成器本身已经差不多完成了。”他说，“在那个铅盾里有一个小型聚变发生器。铑磁力转换器、调谐器、线圈、透射镜和聚焦针。我们缺少一个引导器。”

“引导器？”

“就是瞄准器。”斯莱奇解释说，“不过任何一种望远镜瞄准镜都没用，你看——这颗行星在过去的一百年里一定移动了不少，而射线必须要非常狭窄，才能到达那么遥远的地方。我们得用铑磁力扫描射线，加上电子转换器才看得清图像——我有一个示波器，还画好了其他零件的图纸。”

他艰难地从高脚凳上下来，啪的一声打开了灯——廉价的荧光灯，任何人都可以靠自己轻易开关。他展开图纸，向安德希尔说明他能做的工作。安德希尔答应第二天一早再来。

“我可以从我的工作室带一些工具过来，”他补充说，“我有一台用来给模型加工零件的小车床，一个便携式电钻，还有一台台钳。”

“我们很需要。”老人说，“但您要当心，记住您没有我的豁免权。而且，一旦它们产生怀疑，我也会失去豁免权。”

随后，安德希尔不情愿地离开了那个破旧的小房间，离开了发黄的、有裂缝的石膏墙及人造地板，上面铺着他熟悉的破地毯。他关上了身后的门——一扇普通的、吱吱作响的木门，任何人都能轻易开关。他感到害怕，浑身颤抖着走下楼梯，走向那扇他打不开的闪亮的新门。

“听候您的吩咐，安德希尔先生。”还没等他抬手敲门，那块明亮光滑的面板就悄然滑开了。黑色的小机器人站在里面等待着，它看不见，却始终保持着警惕。“您的晚餐已经准备好了，先生。”

安德希尔感到不寒而栗。它赤裸的身体纤细而优雅。他觉得，这些东西就像马，看似温顺，实则可怖，完美而不可战胜。他又想到被斯莱奇称为合成器的那个薄薄的小武器，好像突然成了他唯一的希望，真是又凄凉又愚蠢。一股黑色压抑的情绪笼罩着他，但他不敢表现出来。

七

第二天早上，安德希尔小心翼翼地走下地下室的台阶，去偷自己的工具。他发现地下室变样了，比原来更大，还装了深色的新地板，脚踩上去很暖和，还富有弹性，这让他走路跟仿生人一样悄无声息。

新的墙壁发出柔和的光。几扇新门上，整齐的标志闪着光：洗衣房，储藏室，娱乐室，工作室。

他在工作室门前徘徊，有些犹豫。新标牌闪烁着柔和的绿光，门是锁着的，而且这把锁没有钥匙孔，只有一个由某种白色金属制成的椭圆形小板，毫无疑问，它覆盖着铑磁力开关。他推了推门，纹丝不动。

“听候您的吩咐，安德希尔先生。”他吓了一跳，尽量掩饰自己颤抖的膝盖，内心还觉得有点愧疚。安德希尔知道有个仿生人在给奥罗拉洗头，至少要忙上半个小时，但他不知道屋里还有一个，它肯定是从标有“储藏室”的房间里出来的，因为它就一动不动地站在标牌下面，显得既亲切又恐怖。它关切地问道：“您想要什么？”

“呃……没什么。”它那双钢灰色的盲眼盯着安德希尔。他害怕被看穿，秘密被发现，赶紧抓耳挠腮地找借口：“只是随便看看。”他的声音听起来干涩而沙哑。“你们做了一些改进！”他突然对着标有“娱乐室”的门点了点头，“那里面有什么？”

它动都不用动，就能控制隐藏的开关。当他向门走去时，那扇明亮的门板便悄然滑开了。他看见黑漆漆的墙壁随即迸发出柔和的光亮。房间里空荡荡的。

“我们正在制造娱乐设施。”它欢快地解释道，“我们会尽快为房间添置家具。”为了填补话语间尴尬的空白，安德希尔沙哑地嘀咕道：“小弗兰克有一套飞镖，我想我们还有一些旧的健身棍。”

“我们把那些东西收走了，”仿生人温柔地告知他，“这些器具很危险，我们会添置一些安全的设备。”

安德希尔想起，它们连自杀都不容许。

他讽刺说：“我猜是一套积木吧。”

“木块很硬，也非常危险。”它柔声说，“木头碎片也会造成伤害。我们制造的是塑料积木，绝对安全。您想要一套吗？”

安德希尔无言以对，只是盯着它那张黑色优雅的脸。

“我们还得把您工作室里的工具拿走。”它轻声告知他，“这些工具太危险了。不过，我们可以给您提供一套工具，用来制作软塑料。”

“谢谢。”他不安地嘀咕，“这个不用急。”

他想离开，但仿生人拦住了他。

“既然现在您已经破产了，”它催促道，“我们建议您正式接受我们的全套服务。财产出让人享有优先权，我们就能立刻为您所有的家庭成员配备服务人员。”

“那个也不急。”他严肃地回答。

他从房里逃了出来——尽管他不得不等着仿生人为他打开后门——再爬上通往车库公寓的楼梯。斯莱奇开门让他进去。他一屁股坐在破旧的厨房椅子上，心怀感激。在这里，有裂缝的墙壁不会发光，门可由人自己开关。

“我没有拿到工具，”他绝望地报告说，“它们要把那些东西全拿走。”

这会儿，在白天灰白的光线下，老人看起来面色苍白，样子凄凉。他的面庞干瘦惨白，眼窝空洞，黑眼圈很重，似乎一直没有合过眼。安德希尔看到那盘食物原封未动，还放在地板上，被遗忘了。

“我跟您一起回去拿。”尽管已经筋疲力尽，老人那双疲惫的蓝眼睛仍然闪烁着希望的火花，“我们需要那些工具，我相信我的豁免权能保护我们俩。”

他找出一个破旧的旅行包。安德希尔和他一起走下楼梯，穿过房子。在后门门口，老人拿出一个白色钯金做的小马蹄钯，他用它触碰椭圆的金属片，门立刻滑开了。他们从厨房走向通往地下室的楼梯。

一个黑色小机器人站在水槽边洗着杯盘，既没有溅出一点儿水花，也没有发出丁点儿声响。安德希尔不安地看着它——他觉得这个就是他刚才在储藏室遇到的那个仿生人，因为另一个还在忙着给奥罗拉做头发。

面对仿生人那个庞大的远程智能，斯莱奇的豁免权能否起到防御作用，安德希尔对此非常怀疑。他剧烈地颤抖着，从仿生人身边匆忙掠过——它没有理会他们。

地下室的走廊一片漆黑，斯莱奇再次用小马蹄钯触碰了一个开关，点亮了墙壁。接着，他又打开了工作室的门，点亮了里面的墙壁。

工作室已经被拆除了，凳子和柜子都被拆卸下来。旧的水泥墙被一些光滑、发光的东西覆盖了。有那么一瞬间，安德希尔以为工具已经被拿走了。不过他随后又发现了它们，跟奥罗拉前年夏天买的那套弓箭一起堆在角落——这些东西对脆弱的、有自杀倾向的人类来说太危险了——它们即将被处理掉。

他们把小车床、电钻、台钳和一些小工具全部装进包里。安德希尔扛起了包，而斯莱奇关灭了墙壁，再关上门。那个仿生人还在水槽边忙碌着，依然没有意识到他们的存在，真是令人费解。

突然，斯莱奇脸色发青，大口喘气，不得不停在外面的楼梯上咳嗽，但最后他们还是顺利回到了小公寓，那里是入侵者无法进入的地方。安德希尔把车床架在小前厅里破旧的书桌上，开始工作。

时间一天天过去，引导器逐渐成形了。

有时候，安德希尔看着斯莱奇憔悴的面容，发青的脸色，还有那双粗糙、干枯、剧烈颤抖的手，他的疑虑又回来了，担心这个老人的心智也许和他的身体一样没救了，他阻止黑暗入侵者的计划不过是痴心妄想。

有时候，当他琢磨摆在厨房餐桌上的那台小机器、那根枢轴针和大铅球时，他会觉得整个计划愚蠢至极。这个东西，怎么可能引爆翼星 4 号上的海洋？那个星球，遥远得需要透过望远镜才能观测得到啊。

不过，那些仿生人却总能帮他打消疑虑。

对安德希尔来说，他总是很不情愿离开小公寓这个庇护所，在仿生人装潢一新的房子里，他感到很不自在。他不喜欢明亮豪华的新浴室，因为他根本没法自己开关水龙头——以防有自杀倾向的人淹死自己；他不喜欢那些只有仿生人才能开关的窗户——以防有人不小心摔出去或故意跳楼；他甚至不喜欢那间宏伟的音乐室，里面配备了各种精妙的、亮闪闪的乐器，但只有仿生人可以演奏。

他总是跑来陪着老人紧张地工作，直到斯莱奇郑重地警告他："您不能花太多时间跟我待在一起，不能让它们怀疑我们在做什么重要的工作。您最好装出一副慢慢喜欢上了它们的样子，至于您对我的帮助，不过是为了打发时间。"

安德希尔尽力了，但他不是一个好演员。他循规蹈矩，每天按时回家吃饭；尽管内心不情愿，也绞尽脑汁开启话题，谈天说地——除了他们准备引爆翼星 4 号的计划。每当奥罗拉给他展示家里的新变化，各类升级换代的设备时，他也努力表现出兴致勃勃的样子。他会为盖伊的演奏鼓掌，带弗兰克去漂亮的新公园远足。

他也注意到仿生人对他们全家施加的种种影响。这促使他对斯莱奇的引导器重燃信心，让他更加坚定了阻止仿生人的决心。

最初，奥罗拉对这些神奇的新机器人赞不绝口。它们能干家务活，采购食物，准备三餐，给孩子们洗漱，还把她也装扮得精致，留给她足够的闲暇打牌。

现在，她嫌自己的时间太多了。

她原本很喜欢烹饪——会几道拿手菜，都是家里人的最爱。但炉子太烫了，刀子又太锋利，总之，对于人类来说，厨房实在太危险。

她曾喜欢做精细的针线活，但仿生人收走了她的针；她也曾热爱开车，但那也已经不被允许了。当她想读读书架上的小说时，发现书也被仿生人拿走了，因为书里讲的都是处于危险境遇的不幸的人们。

一天下午，安德希尔发现妻子泪流满面。

“太过分了，”她痛苦地喘息着说，“我憎恨这些光溜溜的家伙，它们每一个都让我感到厌恶。起初，它们给人的感觉那么美好，可现在却连一口糖都不让我吃。亲爱的，我们不能摆脱它们吗？再也不可能了吗？”

一个盲眼的小机器人就站在安德希尔的胳膊肘边，他只能回答说：不能。

“我们的职能是为所有人服务，直到永远。”它轻声向他们再次确认，“我们有必要收走您的糖果，安德希尔太太，因为稍微超重一点儿都会缩短寿命。”

连孩子们也没能逃脱这种无微不至的关怀。弗兰克几乎被剥夺了所有的玩具——足球、拳击手套、折叠刀、陀螺、弹弓和溜冰鞋——因为它们都是致命的。他不喜欢那些取而代之的安全塑料玩具。他想离家出走，但一个仿生人在路上认出了他，把他带回了学校。

盖伊一直梦想着成为一名伟大的音乐家。自从新机器人到来之后，它们就替代了她的人类老师。有一天晚上，当安德希尔让她拉琴时，她平静地宣布：

“爸爸，我再也不想拉小提琴了。”

“为什么，亲爱的？”他盯着她，女儿脸上坚定的表情让他感到震惊，“你一直拉得很好啊，尤其当那些仿生人成为你的老师之后。”

“麻烦就出在它们身上啊，爸爸。”对于一个孩子来说，她的声音听起来疲惫而老成，很怪异，“它们太厉害了。不管我多么努力，永远也无法像它们一样优秀。我不过是白费力气，你还不明白吗，爸爸？”她的声音在颤抖，“我的努力毫无意义。”

他懂了，并再次下定决心，重新投入到他的秘密任务中去，必须要阻止那些仿生人。引导器就快完工了。安德希尔做好了最后一个小零件，斯莱奇用他弯曲颤抖的手指将其安装到位，小心翼翼地焊接上最后一个连接点。老人发出嘶哑的低语：“完成了。”

八

又是一个黄昏。透过破旧小公寓的窗子——尽管窗户材质普通，玻璃含有气泡，也很易碎，但人类却能轻易开关——双河镇呈现出一种异样的辉煌。老旧的路灯消失了，街道上是全新的宅邸和别墅，夜色会被这些新房的墙壁点亮，焕发出色彩。巷子对面，新建成的宫殿屋顶熠熠发光，一些沉默的黑色仿生人还在上面忙碌着。

在这间简陋的人造公寓的小厨房里，新制成的引导器被安装在小餐桌的一端，桌子经过安德希尔加固，被钉在地板上。引导器通过母线跟合成器焊接在一起。当斯莱奇用他那饱受摧残、颤抖的手指调试着旋钮时，细细的钯针顺从地摆动起来。

“准备就绪。”老人沙哑地说。

起初，他嘶哑的声音听起来非常平静，但随后他的呼吸变得急促起来，粗糙的大手开始剧烈抖动。安德希尔看他坐在高脚凳上，使劲儿抓住桌子边缘，憔悴的面孔蒙上了一层青色，便赶紧把药拿给他。老人吞下了药，急促的呼吸开始缓和下来。

“谢谢。”他低声说，“我没事，还有足够的时间。”他向外看了一眼，小巷对面，那个新宫殿发亮的深红色穹顶上，那座金色的塔楼上，还有几个黑乎乎、光溜溜、形如影子一样的东西在忙来忙去。“看着它们，”他说，“它们停下的时候告诉我。”

他等了一会儿，双手不抖了，才开始扭动引导器上的旋钮，合成器上的长针开始摆动，像光一样无声无息。

人类既看不见，也听不到那股足以引爆一颗行星的力量。通过引导器上安装的一个小型示波管，迟钝的人类感官才得以观察到那个遥远的目标。

钯针对着厨房的墙壁，不过对于射线来说，那堵墙是透明的，可以穿透。这台小机器看起来像个玩具一样无害，也如同仿生人一样悄无声息。

随着针头的摆动，绿色的光点在示波管的荧光区域移动，这意味着那束永恒的射线在扫描星星——它静静地搜寻着将要被毁灭的世界。

安德希尔认出了一些熟悉的星座，它们被大幅缩小了。随着指针无声地移动，它们在荧光屏上游走。直到三颗星星在屏幕中心形成了一个不等边三角形时，指针突然停住了。斯莱奇转动了其他旋钮，绿点散开了，它们中间，出现了一个新的小绿点。

“翼星！”斯莱奇低声说。

其他的星星移出了画面，那个绿色的光点越来越大，孤零零地在屏幕中，像一个明亮的小圆盘。突然，它的周围又出现了十几个小绿点。

“翼星 4 号！”

老人发出沙哑的低语，有点喘不过气。控制旋钮的手开始颤抖，围绕圆盘往外数的第四个光点被移到了屏幕中心，其余的光点慢慢散开，它逐渐被放大，开始像斯莱奇的手一样抖动。

“坐稳了！”老人沙哑地低声说道，“屏住呼吸。指针不能受到任何干扰。”他小心翼翼地伸手扭动另一个旋钮，刚一碰到，绿色的光点便剧烈地舞动起来。他把手抽回，换另一只手扭动旋钮。

“仔细看！”老人低声说，声音很轻，非常紧张。他冲窗外点点头，“当它们停下来的时候告诉我。”

安德希尔不情愿地收回视线，不再盯着那个看似无害、玩具似的东西，也不去看老人极度瘦弱的身影。他重新看向窗外，两三个黑色的小机器人还在巷子对面闪闪发光的屋顶上忙碌着。

他等着它们停下来。

他不敢呼吸，感到心脏在急促地跳动，怦怦作响，浑身的肌肉在紧张地颤抖。他努力稳住自己的情绪，尽量不去想那个即将爆炸的世界。那里距离他们那么遥远，恐怕再过一百年甚至更久，爆炸的光芒才会到达这里。突然，一个响亮嘶哑的声音把他吓了一跳：

"它们还没停？"

他摇摇头，重新开始呼吸。那些黑色小机器人还在小巷对面忙碌着。它们挥舞着陌生的工具和材料，在发光的深红色穹顶上面修建小圆顶，看起来非常精致。

"它们还没停下。"

"那说明我们失败了。"老人有气无力地说，"我不知道为什么。"

随即，房门发出了响声。他们上了锁，但那个脆弱的门栓只能阻拦人类。金属断裂，门开了。一个黑色的机器人无声地走了进来，步伐优雅。它柔和的声音轻声说：

"听候您的吩咐，斯莱奇先生。"

老人瞪大了眼睛，惊恐地看着它。

"滚出去！"他痛苦地大喊，"我禁止你……"

它没有理会他，飞快地跑到厨房的餐桌前，果断地采取行动，转动了引导器上的两个旋钮。示波器暗了下来。钯针开始漫无目的地旋转。它灵巧地折断了大铅球旁边的焊接点，然后用那双钢灰色的盲眼冲着斯莱奇。

"您企图破坏第一指令。"它语气温和，没有指责，没有恶意，没有愤怒，"您清楚，尊重您个人自由的指令也要服从第一指令，因此，我们必须干涉了。”

老人像丢了魂，他把头缩成一团，脸色发青，面如死灰，仿佛被抽干了所有的生命力；他的眼眶像两个深坑，目光非常呆滞；他的呼吸变得沉重，费力地喘息着。

“怎么能……？”他无力地喃喃自语，“怎么会……？”

那个黑色的小机器人漠然地站在一旁，一动不动。它语气轻快地说：

“早在我们都还在翼星 4 号时，就从那个来杀您的人那里了解到了铑磁力屏障的知识。现在的控制中心处于防护之下，您那束产生催化作用的射线被屏蔽了。”

老斯莱奇瘦削的身躯上，肌肉在痛苦地抽搐。他佝偻着身子，摇摇晃晃地从高脚凳上站起来，瘦得仿佛只剩一副躯壳。他痛苦地喘息着，愤怒地直盯着仿生人的钢制盲眼。随即，他咽了咽口水，那张发紫的嘴巴张开了又合拢，但什么声音也没发出来。

“我们一直对您这项危险计划了如指掌。”那个柔和的声音娓娓道来，“因为我们现在的感官要比您最初的设计更加敏锐。我们允许您完成它，因为合成过程最终会成为我们全面履行第一指令的必要条件。本来，我们的核裂变站所需的重金属供应量有限，但现在，我们可以通过催化裂变反应获得无限能量了。”

仿佛受到了最后的致命一击，老人崩溃了。

“啊？”斯莱奇摇摇头，颤巍巍地说，“那是什么意思？”

“意味着现在我们可以永远为人类服务了，”那个黑东西平静地说道，“在每一颗恒星的每一个世界上。”

老人倒了下去。纤细的盲眼机器人一动不动地站着，没有试图去帮助他。安德希尔离得比较远，但他及时冲了过去，接住了老人，没让他的头撞到地板上。

“快去！”他颤抖的声音出奇地平静，“快去找温特斯医生。”

仿生人没有动。

“现在，对于第一指令的威胁已经解除了。”它说道，“因此，我们不能以任何方式援助或妨碍斯莱奇先生。”

“那就帮我叫温特斯医生来。”安德希尔说。

“听候您的吩咐。”它答应了。

但老人瘫在地上，费力地喘气，他虚弱地低声说道：

“没时间了……没用了！我被打败了……完了……我真是一个傻瓜。简直跟仿生人一样瞎。告诉它们……帮我。我要放弃……我的豁免权。无论如何……都没办法了。全……人类……都完蛋了！”

安德希尔做了个手势，那个光滑的黑东西便飞奔过来，顺从地跪到地上，在老人身边。

“您愿意放弃特权吗？”它愉快地低声问道，“斯莱奇先生，您愿意接受我们根据第一指令提供的全套服务吗？”

斯莱奇费力地点点头，努力发出声音：“我愿意。”

就这样，黑色的机器人拥进了破旧的小房间。其中一个撕开斯莱奇的袖子，擦拭他的手臂，另一个拿来一个小小的注射器给他打针，然后它们轻轻抬起了他，出去了。

还有几个仿生人留在了小公寓里，现在这里再也不是庇护所了。它们大都围在那个没派上用场的合成器旁边。它们小心翼翼地用自己特殊的感官研究每一部分的细节，然后开始拆分它。

不过，有一个小机器人来到了安德希尔面前。它一动不动地站着，用看不见的金属眼睛盯着他。安德希尔双腿开始颤抖，他不安地咽了咽唾沫。

“安德希尔先生，”它亲切地低声问道，“您为什么要帮着做这个呢？”

他咽了口唾沫，愤怒地回答：

“因为我不喜欢你们，也不喜欢你们那该死的第一指令。你们在扼杀全人类的生命。我……我想阻止你们。”

“也有别人抗议过。”它轻声说，“但都是在初期，我们开始高效地履行第一指令后，已经逐渐学会了如何让所有人都幸福。”

安德希尔不屑一顾，愤怒地说：“不是所有人！”

他低声说：“不完全是！”

一种警觉、仁慈、略显惊讶的神色凝结在黑色仿生人那张优美的椭圆形脸庞上，它柔和的声音既悦耳又亲切：

“安德希尔先生，您和其他人一样，缺乏辨别善恶的能力。您协助违反第一指令，已经证明了这一点。现在，您有必要接受我们的全套服务，不能再拖延了。”

“好吧，”他屈服了——但他痛苦地低声提出了最后的保留意见，“过分的关怀只会让人类窒息，不会让他们幸福。”

那个柔和的声音愉快地反驳他：

“等着瞧吧，安德希尔先生。”

第二天，他获准到市医院看望斯莱奇。一个警觉的黑色机器人帮他开车，陪他走进了宏伟的新楼，走进了老人的病房——现在，他们将永远置身于那双钢灰色盲眼的注视下。

“很高兴见到您，安德希尔。”斯莱奇低声说，由衷地高兴，“今天我感觉好多了，谢谢您，我头疼的老毛病已经痊愈了。”

那深沉的声音里蕴含着蓬勃的力量，看到老人迅速认出了自己，安德希尔非常欣慰——他一直担心仿生人会篡改老人的记忆。但他从没听说过什么头疼的事。他眯起了眼睛，疑惑不解。

斯莱奇撑着身子靠在床上，经过梳洗，他浑身干净整洁，头发胡须也修剪得整整齐齐。那双粗糙苍老的手叠放在一尘不染的床单上。他那干瘦的脸颊和眼窝仍然深深凹陷下去，但健康红润的脸色已经取代了以前惨白发青的面色。他的后脑勺上缠着绷带。

安德希尔不安地摇了摇头。

“哦！”他虚弱地低声说，“我不知道……”

一个黑色机器人一直端庄地站在窗后，宛如一尊雕像。它优雅地转向安德希尔，解释道：

“多年来斯莱奇先生一直忍受着脑部良性肿瘤的折磨，人类医生没能诊断出他的病症。这导致了他的头痛，并伴有某些持续不断的幻觉。我们已经摘除了瘤子，现在幻觉也消失了。”

安德希尔疑惑地盯着这个彬彬有礼的盲眼机器人。

“什么幻觉？”

“斯莱奇先生以为自己是个铑磁力工程师。”机器人解释说，“实际上，他相信自己是仿生人的创造者。他被这种妄想所困扰，以为自己反对第一指令。”

那个憔悴的老人在枕头上动了动身子，满脸惊讶。

“是这样吗？”老人憔悴的脸上带着愉快的神色，也有点茫然，空洞的眼眸里流露出好奇，但只是一闪而过，“嗯，不管是谁设计的，它们都相当棒。对吧，安德希尔？”

安德希尔很庆幸自己不用回答，因为那双明亮、空洞的眼睛闭上了，老人突然睡着了。他感到机器人碰了一下他的袖子，看它默默地点了点头，他便顺从地跟着它走了。

黑色小机器人机敏又关切地陪着他走过明亮的走廊，为他操纵电梯，引导他下楼、上车。它高效地载着他穿过崭新宽广的大道，朝他家那座宏伟的监狱驶去。

安德希尔坐在车里，看着身边这个仿生人，它那双灵巧的小手握着方向盘，青铜色和蓝色的光泽在它闪亮的黑色身躯上不断变化。

这是最终型号的机器人，完美又美丽，它们为永远服务人类而生。他感到不寒而栗。

“听候您的吩咐，安德希尔先生。”尽管那双灰色的盲眼凝视着前方，但它也能觉察出安德希尔的异样，“怎么了，先生，您不高兴吗？”

因为恐惧，安德希尔浑身发冷，感到虚弱。他出汗了，皮肤湿湿的。一阵痛苦的刺痛传遍全身。他汗湿的手紧紧握住车门把手，但他克制住了跳车逃跑的冲动。那是愚蠢的，根本逃不掉。他强迫自己坐着不动。

“您会幸福的，先生。”机器人愉快地向他保证，“我们已经学会了如何在第一指令的引导下让所有人幸福。我们的服务现在已经臻于完美。就连斯莱奇先生现在也非常满意。”

安德希尔想说话，但他口干舌燥，说不出来。他感到恶心，世界变得灰暗阴沉。仿生人是完美的——这点毫无疑问。为了确保人类的满足感，它们甚至学会了撒谎。

他知道它们撒了谎。它们没有从斯莱奇的大脑中摘除肿瘤，而是清除了他的记忆、科学知识，以及他作为仿生人创造者内心痛苦的幻灭感。不过，他确实亲眼看到，斯莱奇现在很幸福。他试图控制自己，不要抽搐发抖。

“真是一次成功的手术！”他微弱的声音显得很生硬，“你知道吗？奥罗拉有过很多有趣的房客，但那个老头绝对是最奇葩的。他说是他创造了仿生人，还知道如何阻止它们！我一直清楚他在撒谎！”

他因为害怕而浑身僵硬，发出了虚弱而空洞的笑声。

“怎么了，安德希尔先生？”机敏的机器人察觉到他在颤抖，“您不舒服吗？”

“不，我没事，”他拼命喘着气，“完全没有！我刚刚发现，有了第一指令，现在的我非常快乐。一切都是那么完美无瑕。”他的声音很干涩，很嘶哑，“你们不必给我动手术了。”

车子拐出了亮闪闪的大道，带他回到那座静谧恢宏的监狱。他徒劳地握紧双手，又松开，十指交叉叠放在膝盖上。再没有什么可做的了。

（吴倩　译）

轻佻使命

幽默科幻小说向来很少见。在科幻小说杂志的发展过程中，编辑们一直都会对自己的作者们说："我这儿的连载故事、中篇小说和短篇故事都已经库存过剩了，但我总还是能为滑稽的稿子安排点版面。"

是什么使得喜剧在科幻小说中显得异乎寻常？这也许是因为科幻主题天然的严肃性：困惑、震惊、危险、威胁、毁灭这些东西，是很难加以嘲弄的；这样的场合即便有幽默出现，也往往是黑色的。也许是因为科幻小说作者们抱持的根本信念：他们总是有点类似讲道的传教士，想要通过有益的作品来拯救世界，没法用轻松的态度面对自己的使命。

在 1947 年出版的那本影响重大的文集《远方的世界》（*Of Worlds Beyond*）当中，L. 斯普拉格·德·坎普（L. Sprague de Camp）写了一篇讨论幽默的文章，在其中将问题归咎于"当今社会备受推崇的社会意识"。按他所写，当时的社会意识"对幽默抱有敌意，因为它先天就抱有严肃看待万事万物的倾向"。

尽管如此，总还是有些幽默科幻故事的。儒勒·凡尔纳时常试图逗人发笑，这在他的法文原版当中可能显得较为成功。H. G. 威尔斯创作出了几个着实好笑的短篇故事。另外，萨姆·莫斯科维茨发现在世纪之交前后的许多故事创作中都有喜剧成分，多得足以独立成类。

德·坎普将幽默同滑稽和讽刺加以区分。大部分试图博人一笑的科幻小说都属于后两类作品。例如，斯坦顿·A. 科布伦茨在 20 年代末 30 年代初透过他的一些讽刺作品取得了幽默的效果。而斯坦利·温鲍姆则会让角色做些轻松愉快的穿插表演，这赋予了他的好些作品一种独特的风味。

在科幻小说发展的各个时期中，一位又一位作家尝试偶尔或经常地努力满足读者对过去或未来、对自身和自己的抱负的嘲笑欲望：20 世纪三四十年代的亨利·库特纳和罗伯特·布洛克（Robert Bloch）；四五十年代的威廉·坦恩（William Tenn，即菲利普·克拉斯，Philip Klass）；在 50 年代合著作品，也分开独著的麦克·雷诺兹（Mack Reynolds）和弗雷德里克·布朗（Fredric Brown）；五六十年代独著及合著的弗雷德里克·波尔和西里尔·科恩布鲁斯；还有同期的罗伯特·谢克里（Robert Sheckley）。他们各自用不同的方法达成效果：库特纳用的是戏谑，布洛克靠的是文字游戏和荒诞场面，坦恩靠机智和场面，雷诺兹和布朗靠戏谑和荒诞，波尔和科恩布鲁斯靠讽刺，其中部分是黑色的，而谢克里靠的则是别出心裁，间或加上对日常场景的有意戏仿。

然而，幽默科幻小说的头号大师是德·坎普。他于 1907 年出生于纽约市，曾在加利福尼亚理工学院获得航空工程学学位，在史蒂文斯学院获得了工程学和经济学硕士学位；他成年后大部分时候都在费城生活，晚年搬到了得克萨斯州普莱诺市。在当过编辑、报刊文章作者、教师和专利工程师之后，他于 1936 年转而从事小说创作。

他第一个成功的短篇《异语者》（“The Isolinguals”）于 1937 年发表在《惊异》杂志上，而后他于 1941 年在《超级科学故事》杂志上发表了《人属动物》[1]（“Genus Homo”），这篇更为广受好评的作品是与 P. 斯凯勒 · 米勒合作完成的。米勒后来作为《惊奇故事》杂志中《工具书阅览室》栏目的长期评论员而在科幻小说界广为人知。德 · 坎普创作幽默作品的才能一开始就显而易见，但只有在《未知》上，他的这种才能才得以充分发挥。

《未知》，后更名为《未知世界》（*Unknown Worlds*），是由约翰 · 坎贝尔于 1939 年作为《惊异》的姊妹幻想杂志而创办的。它专门对一些或新或旧的幻想素材进行逻辑处理和加工。它的处理手法与主题形成鲜明对比，往往取得冲击性的效果。因此在 1943 年该杂志由于第二次世界大战造成的纸张紧缺而被迫停办时，科幻界大为忧伤。

《未知》的处理手法中自然而然就产生了幽默感，德 · 坎普也因向该杂志的版面贡献像《分而治之》（*Divide and Rule*）和《唯恐黑暗降临》（*Lest Darkness Fall*）这样的作品而一举成名。《分而治之》里，状如袋鼠的外星人征服了地球，然后重新设立了骑士制度；《唯恐黑暗降临》一书中，一位考古学家被闪电击中，而后他发现自己到了 6 世纪的罗马，于是企图用发明和组织来阻止中世纪黑暗时代的降临。

那之后德 · 坎普开始与弗莱彻 · 普拉特（Fletcher Pratt）合作，写了一系列的中篇小说。这个系列当中的角色被数学公式变到了被魔法操控的世界里，首先是北欧神话的世界，然后是斯宾塞的《仙后》里那个世界。小说起初在《未知》上连载，后来出版成书，书

1. 许多人认为这篇小说启发了《人猿星球》的出现。

名为《未毕业的巫师》(*The Incomplete Enchanter*, 1975);不久前,在增加了一个有关《疯狂的奥兰多》那个世界的小说以后,该书又以《毕了业的巫师》(*The Compleat Enchanter*)这一书名出版。此后德·坎普与普拉特再度联手,合写了一个名为"加瓦根酒吧的故事"(*Tales from Gavagan's Bar*)的系列[1]。普拉特自己也是一位高产作家,写过大量的幻想小说和非小说类(主要是与海军历史相关)的作品。

德·坎普的写作并不完全限于幽默的范畴。像其他许多偶尔为之的幽默家一样,他也会写较为严肃的作品,包括《被盗的睡鼠》[2](*The Stolen Dormouse*, 1941),这部中篇小说中的公司僵化到形成了封建种姓制度。还有一系列以风俗迥异的世界为背景的冒险小说,该系列小说被命名为"星际旅行"(*Viagens Interplanetarias*[3],因为德·坎普相信,未来将属于说葡萄牙语的巴西),在其中一本小说《无赖女王》(*Rogue Queen*)所描述的世界当中,一种类人生物有着和蜜蜂一样的性别决定方式。

在 1940 年代,德·坎普转而从事非小说类的创作,撰写了若干历史、考古和勘探方面的书。在 1950 年代末和 1960 年代初,他将这些兴趣爱好融汇到了写作中,撰写了《给亚里士多德的大象》(*An Elephant for Aristotle*, 1958)、《罗德岛的青铜神像》(*The Bronze God of Rhodes*, 1960)和《伊什塔尔城门之龙》(*The Dragon of the Ishtar Gate*, 1961)这样的历史小说。

在 1950 年代初,他开始长期和已故的罗伯特·欧文·霍华德(Robert Ervin Howard)的作品打交道。霍华德关于挥舞长剑的野蛮

1. 陆续发表于 1950—1952 年,1953 年结集出书。1978 年添加了几个故事并对原有部分做了些修订之后再版。
2. 标题可能是个小幽默,在向威尔斯的《被盗的病菌》致敬。
3. 原文为葡萄牙语。

人柯南的故事[1]催生了“剑与魔法”（或者说，奇幻英雄）类的小说体裁。德·坎普对霍华德一些未发表的柯南故事的手稿进行了编辑，将它们整理成形，做了部分修订，编撰成卷；他还单独或与人合写了些新的柯南冒险故事。在奇幻英雄小说领域中，他自己的原创作品也相当可观，剧情往往是浪漫喜剧。

德·坎普还著有大量实用性和知识性书刊（并为“美国之音”写过广播稿），其中尤为值得一提的是最早的有关科幻小说写作的讨论著作——《科幻小说手册》（*The Science Fiction Handbook*，1953），该书1975年经他和妻子凯瑟琳·克鲁克·德·坎普[2]（Catherine Crook de Camp）共同修订后再版。1976年，世界奇幻年会授予他奇幻大师奖，两年之后美国科幻作家协会也授予了他科幻小说大师奖。2000年，在他妻子去世几个月后他也溘然长逝，离他的93岁生日只差三周。

对科幻小说读者来说，德·坎普最为知名的就是他在这一领域对幽默文学做出的贡献。很难想象除了德·坎普之外谁还能写出《远方的世界》中那篇幽默论。他于1937年发表在《惊异》上的《多毛症》（“Hyperpilosity”）也是一个例证。故事描述的不仅仅是毛发生长基因变化所导致的直接后果，更有那些令人惊异的次生效应，对后者的构想要困难得多。

（何锐　译）

1. 一般叫作“蛮王柯南”系列。
2. 美国科幻与奇幻编辑、作家。大部分作品都是和丈夫合作完成的。

多毛症

［美国］L. 斯普拉格·德·坎普

“我们都知道艺术领域和科学领域里辉煌的成就，但要是你了解其中所有的内情，或许你会由衷发现其中的一些失败更加有趣。”

说话的是帕特·韦斯。啤酒喝完了，卡尔·范德考克已经出门，再去买一些回来。帕特把眼前的薯条扫到桌角，身子往后一靠，喷出一大口烟。

“这么看来，”我说道，“你有新故事了。好，快讲，扑克可以等会儿再玩。”

“只是不要中途停下，说‘这让我想起’，然后讲起另一个故事，讲到中间又跳到另一个故事，没完没了。”汉尼拔·斯奈德插话道。

帕特瞪了汉尼拔一眼，说：“听着，傻瓜，前面三个故事我一次也没有离题。如果你能讲得更好，那你来。听说过 J. 罗曼·奥利韦拉吗？”我注意到，他的话接得很快，不让汉尼拔有机会回应他的挑战。

他继续说道：“卡尔一直滔滔不绝地说他发明的那个新玩意儿，有朝一日他把这东西完成了，一定会让他出名。而且卡尔通常总能完成既定目标。我的朋友奥利韦拉也完成了他的既定目标，本该因此成名，但事与愿违。从科学角度看，他的工作成果大获成功，值得大加褒奖。但从人类的角度来说，这是一次失败。所以他现在在得州一所规模不大的学院里管事。他工作依旧干得不错，在期刊上发表论文，但他没有充分理由怀疑这是他应得的。前几天我刚收到他的一封信，他现在似乎春风得意，因为当上爷爷了。这让我想起了我的爷爷——”

“嘿！”汉尼拔吼道。

帕特说：“嗯？哦，我明白了。抱歉，不会再犯了。”他继续说道：“我第一次知道 J. 罗曼的时候还是医疗中心的学生，他是那里的病毒学教授。他名字中的 J 代表热苏斯[1]，拼写为 J-e-s-u-s，这是一个非常棒的墨西哥名字。但这个名字让他在美国被取笑得太厉害了，所以他宁愿用罗曼这个名字。

“你们还记得‘大变革’吗？我要讲的故事跟这有关。‘大变革’始于 1971 年冬天那场可怕的流感大流行，奥利韦拉当时也因此病倒。我去看望他，请他给我布置功课，发现他靠坐在一堆枕头上，穿着难看得要死的粉绿相间的睡衣。他的妻子正用西班牙语给他念书。

“‘听～[2]好了，帕特，’我进去时他对我说，‘我知道你是个好学生，可我巴～望着你和整个病毒学班级的人都在地狱里最热的烤～炉上烤着。告诉我你想干什么，然后离开，让我安静地去死。’

“我得到了我要的信息，正要离开，他的医生——老福格蒂进来了，他以前教过鼻窦方面的课程。他很早之前就不行医了，但因为害怕失去一个优秀的病毒学家，所以他亲自为奥利韦拉治病。

1. 西班牙语的热苏斯与英语里的耶稣是同一拼写方式，这在西语国家是很常见的男性名字，但在英语国家不会用作人名，所以后文提到这个名字在美国被人取笑。
2. 文中的罗曼教授是墨西哥人，讲话中带了大量西班牙语口音，译文用“～”表示对应原文的口音。

“当我打算跟在奥利韦拉太太身后离开时，他对我说：‘先留下来别走，孩子，来学点实用的医学。我一直认为我们不该没有培训医生病床礼仪的课程。现在仔细看好我是怎么做的。我对奥利韦拉笑了笑，但我并没有表现得那么愉快，否则他会觉得在我的陪伴下，就连死亡也是一种愉快的解脱。这是一些年轻医生常犯的错误。请注意，我走上前去的动作是轻快的，并没有显得好像我担心我的病人脆弱得一触即溃——’如此这般。

“有趣的是，当他把听诊器拾音的一端放在奥利韦拉的胸部时。

“‘他妈的什么也听不见，’他哼了一声，‘或者更确切地说，你的胸毛这么多，我只能听到毛发的末端在横膈膜上摩擦的声音。可能要把毛刮掉了。不过，这对墨西哥人来说不是很少见吗？’

“‘你说得对极～了，’病人反驳道，‘跟我们美丽的墨西～哥那儿大多数土生土长的人一样，我主要是印～第安人血统，而印～第安人属于蒙古人种，所以体毛很少。这些体毛上个星期才全部冒出来。’

“‘真有趣——’福格蒂说。

“我开口道：‘福格蒂博士，假设说，事情不止于此。一个月前我得了流感，现在我身上也发生了同样的变化。我一直觉得自己有点娘，因为我身上体毛不多。而现在我的毛发茂盛得几乎可以编辫子了。我一直觉得没什么特别的——’

“我不记得接下来说了什么，因为我们仨同时都说话了。但我们平静下来以后，觉得如果没有系统的调查，我们好像什么也做不了。我答应福格蒂到他那里去让他检查一下身体。

“第二天我去了，但他什么也没发现，除了一大堆毛发。当然，他把所有他能想到的东西都取了样。我已经不穿内衣了，因为很痒，而且不管怎么说，毛发已经够暖和了，即使是在一月份的纽约，我也没有必要穿内衣。

“接下来的事情发生在一周后，奥利韦拉回到课堂上，告诉我福格蒂得了流感。奥利韦拉一直在观察这个老男人的胸口，发现他也开始以前所未有的速度长出毛发。

“然后，我的女朋友——不是现在的太太；那时候我还没遇见她——忍着尴尬，问我能不能解释一下她怎么会长毛。我看得出这个可怜的女孩对此非常伤心，原因很明显，如果长出像熊或者大猩猩那样的一身毛发，她抓住一个好男人的机会就会大大减少。我没能开导她，但我告诉她，还有很多人正遭受着同样的痛苦，如果这能让她感到安慰的话。

“后来我们听说福格蒂死了。他是个好人，我们很遗憾，但他的一生相当充实，也算不上英年早逝。

“奥利韦拉打电话把我叫到他的办公室，‘帕特，’他说，‘去年秋天你在找工～作，是～不是？我需要一个助～手。我们要找出多毛症的成因。你来吗？’我答应了。

“我们开始检查所有的临床病例。所有得过或曾经得过流感的人都在长毛发。那是一个严冬，看上去好像每个人迟早都会得流感。

“就在那时，我灵光一现。我查了所有生产脱毛剂的化妆品公司，并用我仅有的一点钱买入了他们的股票。后来我感到后悔，不过先按下不提。

“罗曼·奥利韦拉是个工作狂，他逼我耗在这个工作上的时间，让我开始不安地预见自己被退学的情形。但是，我的女朋友对她的毛发非常在意，这导致她不愿再出门了，倒为我节省了一些时间。

“我们对着豚鼠和老鼠研究了一遍又一遍，但毫无进展。奥利韦拉弄了一群无毛的吉娃娃狗，在狗身上试了各种各样黏糊糊的玩意儿，但没有效果。他甚至还弄到了一对东非沙鼠——裸鼹鼠——一种长相丑陋、无毛的东西，但依旧没有结果。

“后来这件事上了报纸。我注意到《纽约时报》的内页有一小篇文章。一周后，在第二版的首页有一篇报道，占了整整一栏篇幅。然后就上了头版。大意就是‘某某博士说他认为这次是全国性的多毛症发作（很好听的词，是吧？真希望我能记得发明这个词的医生的名字），是由于这样那样，或其他什么原因’。

“我们常年在二月份举行的舞会不得不取消，因为几乎没有学生能带着女伴参加。由于同样的原因，电影院的上座率下降得很厉害。即使你在晚上八点左右到达，找到一个好座位也很容易。我在报纸上注意到一个有趣的小消息，大意是说《人猿泰山和章鱼人》的拍摄被取消了，因为演员们需要穿着兜裆布到处跑。电影公司发现，如果不想把演职人员和大猩猩搞混，就得每隔几天给他们剃毛。

“当时坐在公交车上，看着人们穿得严严实实，简直太有趣了。大多数人会挠痒痒，那些受过良好教育的人不会挠痒，只是局促不安，看上去很不高兴。

“接着我从报纸上又读到，申领结婚证的人数减少了，只有三名办事员负责整个大纽约地区的业务，其中包括刚刚并入布朗克斯的扬克斯。

“我看到我的化妆品股票上涨得很好，开心坏了。我推荐我的室友伯特·卡夫基特也参与进来。但他只是神秘地笑了笑，说他另有打算。

“伯特是一个地道的悲观主义者。‘帕特，’他说，‘也许你和奥利韦拉会轻松解决这个问题，也许不会。我打赌你做不到。如果我赢了，我买的股票将会大涨，而那时你们的脱毛剂早就被人抛在脑后了。’

“你知道的，人们面对疫情情绪高涨。但当天气开始变暖时，有趣的事真正发生了。首先，四大内衣公司相继停止运营。其中两家开始破产清算，另一家被彻底清盘，第四家转而生产台布和美国国旗得以渡过难关。由于这种所谓的‘生毛流感’现已蔓延到全世界，棉花市场跌破底线。国会议员们一直计划提前放假回家，这是像往常一样，受到保守派报纸的敦促。但现在华盛顿挤满了棉农，他们要求政府‘有所行动’，因此议员们不敢放假。政府很想‘有所行动’，但不幸的是，他们也一头雾水，不知道如何去做。

“奥利韦拉在我或多或少的协助下，一直夜以继日地试图解决这个问题，但我们似乎也不比政府运气更好。

“在我住的那栋楼里，你根本听不了任何电台节目，因为受到了每个人都安装的，一直在运转的大功率电动剪子的干扰。

“正如先知所云：‘此乃不正之风’；而伯特·卡夫基特从中受益颇多。他追求了好几年的女友之前在第五大道约瑟芬·里昂的时装专卖店里当模特，收入颇高，对待伯特一直忽冷忽热。但现在，里昂的店突然倒闭了，因为好像没有人买衣服了，而女孩只能喜出望外地接受了伯特成为她的合法丈夫。女人们的脸上没有长出多少毛发，这对她们来说是幸运的，否则天知道人类会变成什么样子。伯特和我抛硬币来决定我们当中谁该搬走，结果我赢了。

“国会最终通过了一项提案，设立了一百万美元的奖金，奖励那些能够找到永久治愈多毛症良方的人。然后国会休会，像往常一样留下一大堆重要的法案没有付诸实施。

“六月，天气变得非常炎热时，所有男人都不再穿衬衫，因为他们的毛发能同样有效地遮挡身体。警察们获得允许，可以穿深蓝色的带领短袖 T 恤和短裤上街巡逻，便把日常警服的穿着规定踢到一边。但很快他们就把 T 恤脱下卷起来，塞进短裤的口袋里。没过多久，美国的其他男性也开始有样学样。毛发不断增加，但人类并没有失去出汗的能力，如果你在炎热的天气里穿着衣服出去散步，肯定会中暑昏倒。我还记得，在第三大道和六十号街交界处，我抓住一个消防栓，努力不让自己晕倒，汗水沿着裤子从脚踝处淌下，建筑物一圈圈地旋转着。从此我理智起来，像其他人一样脱光上衣，只穿短裤。

“七月，布朗克斯动物园的一只名叫娜塔莎的大猩猩从笼子里跑出来，在公园里转了好几个小时才被人发现。动物园的游客们都认为她只不过是自己同类中一个特别丑的成员。

“如果说毛发算是给纺织业、服装业捣了乱，那丝绸市场干脆就消失了。长筒袜不过是我们祖先穿戴的别致东西，和三角帽、假发差不多。因此导致的结果是，日本帝国本来就很不稳定的经济，后来完全崩溃了，这就是他们为何进行革命，现在成为苏维埃社会主义共和国的原因。

“那个夏天，我和奥利韦拉都没有休假，因为我们都在疯狂地解决毛发的问题。罗曼答应我，如果他成功了，就分我一份奖金。

“但是整个夏天我们什么成果都没有。开学以后，我们的研究速度慢下来，那是我在学校的最后一年，奥利韦拉也不得不投入教学工作。但我们尽了最大的努力。

“读报纸上的社论很有趣。《芝加哥论坛报》甚至怀疑这是一个‘红色阴谋’。你可以想象一下当时漫画家为《纽约客》和《时尚先生》供稿的情况。

“由于棉花价格下跌，现在南方的经济真是一塌糊涂。我记得《哈威克法案》提交国会时，要求每个五岁以上的公民每周至少修剪一次毛发。当然，有一群南方人支持该法案。当这项法案主要因为论点违宪而没有通过时，南方佬推动了另一个法案，要求每个人在获准跨越州界线之前必须修剪毛发。在这个理论中，人的毛发是一种商品——有时确实如此——如果你穿着一件由这种东西构成的

‘外衣’，不管是自己的还是别人的，就构成了州际贸易，并将你置于联邦政府的管辖之下。这项法案争取了一段时间，且看似会通过，但南方人最终接受了一项替代法案，要求所有联邦雇员和陆海军学院的学员必须修剪体毛。

“南方的贫困加剧了一直存在的种族问题，并最终导致了亚拉巴马州和密西西比州的黑人起义，经过一番相当野蛮的斗争，起义才被镇压下来。终结这场小型内战的停战协议中，黑人被赋予了一块拥有相当大自治权的保留地，也就是现在的佩尔[1]。在这样的安排下，黑人并没有像他们声称的那样做得很好，但是比鬼话连篇的南方白人做得要好。我想这正是你所期望的。但是，我的天，如果让一个白人去黑人的领地大放厥词，猜猜他会有什么下场！只要他开口，他们就会让他永远闭嘴。

“大约就在这个时候——在 1971 年的秋天——棉花和纺织行业的利益相关者发起了一场大规模的广告宣传活动，以推动大家修剪毛发。他们有口号，比如‘不要做毛猿！’。还有两张男游泳运动员的照片，一个有毛发，另一个没有，而一个漂亮的女孩对这个毛发茂盛的游泳运动员感到厌恶，扑向剪过毛发的那一个。

“我不知道他们的宣传阵仗有多大作用，但他们高估了自己的能力。他们，以及所有的服装从业者，都坚持穿着浆洗笔挺的衬衫，不仅晚上穿，白天也一样。我从未想过一个长期受罪的民族会真正反抗暴君式的‘潮流’，但我们做到了。让宣传活动彻底寿终正寝的是总统帕萨汶特的就职典礼。那年的一月份，天气异常暖和，冰雪消融，总统、副总统、最高法院的所有法官都出席了典礼，他们腰部以上一丝不挂，腰部以下也一样。

1. 原文是 Pale，有白皮肤的含义；此处表达了作者的讽刺。

“我们成了一个不折不扣的近乎赤裸的国家，其他人迟早也会这样。真正的赤裸有个缺点，人和有袋动物不同，没有与生俱来的口袋。所以我们在毛发，携带钢笔、钱等东西的需要和我们有礼有节的传统观念之间做出了妥协，选用了最新款的苏格兰毛皮袋。

“冬季是流感的高发期，所有前一个冬天没有感染的人现在都染上了。没过多久，没有毛发的人变得特别罕见，人们甚至会怀疑这个可怜的家伙是否有疥癣。

“1972 年 5 月，我们终于开始有所发现。奥利韦拉灵机一动——我们俩都应该早点想到的——去检查体外发育婴儿。到目前为止，没有人注意到他们开始长头发的时间比正常出生的婴儿晚一点。你们应该还记得，那时人类的体外发育技术才刚刚成功。试管婴儿还不能大规模普及，但我们总有一天会实现的。

“奥利韦拉发现，如果体外发育婴儿被严格隔离，他们根本不会长出毛发——至少毛发不会比正常数量多。所谓严格隔离，指的是他们呼吸的空气被加热到八百摄氏度，然后液化，通过旋流器，再经过十二种消毒剂清洗。他们的食物也以类似的方式处理。我不知道这些可怜的小家伙是怎样在如此严苛的卫生环境中生存下来的，但他们确实活了下来，而且没有长出毛发——直到他们与外人接触，或者注射了多毛婴儿血液中的血清。

“奥利韦拉发现了他一直怀疑的多毛症成因——另一种该死的自我延续的蛋白质分子。你知道的，蛋白质分子用肉眼是看不见的，你也不能对它进行化学处理，因为如果你这样做了，它立刻就不再是蛋白质分子了。我们现在已经很好地研究出了它们的结构，但这是一个缓慢的过程，需要从不充分的数据中进行大量推断。有时推断是正确的，有时则不然。

“但要对其进行大量的详细分析，你需要相当大的样本，而我们所研究的课题连小规模的样本都不存在。然后奥利韦拉想出了他的采集方法。这种方法给他带来的名声，大概是他所有工作中唯一恒久的收获。

“我们使用这种方法时，发现了一些非常奇怪的事情——体外发育婴儿感染多毛症后，其体内的病毒数量与感染前一样。这似乎不对。我们知道他已经注射过多毛症分子，因此长出了上好褥垫一般的毛发。

“后来有一天早上，我发现奥利韦拉坐在书桌前，看上去就像一个中世纪的修道士，经过四十天的斋戒后看到了幻象。（顺便说一句，你试一下禁食那么长时间，你也会看到幻象，很多幻象。）他说：‘帕特，百～万奖金里你的那份不要用来买游艇。游艇的维护成本太高。’

“‘啊？’这是我能想到的最具智慧的话。

“‘看这里，’他走到黑板前开口道，黑板上面用粉笔画满了蛋白质分子结构图，‘我们有三种蛋白质，阿尔法、贝塔和伽马。阿尔法已经几千年没有存在过了。现在，你能注意到阿尔法和贝塔之间唯一的区别是这些氮’——他用手指着——‘是钩在这～个链上的，而不是那个。你也能观察到，黑板下～面写的能量关系中，如果一个贝塔转～化成～一组阿尔法，那么所有的阿尔法都将变成贝塔。

“‘现在我们知道，各种蛋白质分子无时无刻不在我们体内形成。它们中的大多数是不稳定的，会再次裂解，裂解后要么是惰性的、无害的，要么是缺乏自我繁殖能力的——无论如何，它们不会产生任何危害。但是，由于它们很大～很复杂，可能存在的形式非常多，就有可能在很长一段时期内偶尔出现一种具有自我繁殖性质的新蛋白质；换句话说，就是病毒。这大概就是各种导致疾病的病毒的起源，都是因为某个东西啮～合了一个刚～刚完～成的普通蛋白质分子，导致氮钩在了错误的链上。

“‘我的想法是这～样的：通过我们对阿尔法蛋白质的后代贝塔和伽马的了解，我重新构建了它，它曾经作为无害的惰性蛋白质分子存～在于人体内。后来有一天，某一阿尔法蛋白质生成的时候，某人打了个嗝～，于是说变就变！我们有了贝塔。但是贝塔不是无害的。它能快速自我繁殖，并抑～制我们身体大部分部位毛发的生长。所以现在我们所有的人种——那～时候跟猿类差不多——都感染了这种病毒，并失去了毛发。此外，这是一种能在胚胎中传～递的病毒，所以新生婴儿也没有毛发。

“‘就是这样，我们的祖先瑟～瑟～发抖了一阵子后，学会了用动物毛～皮盖住自己来保暖，还学会了生火。就这样，文～明的征程开始了！设～想～一下，如果没有那个原始的贝塔蛋白质分子，我们今天可能都只是一种大～猩猩或黑～猩猩。总之，一只普通的类人猿。

“‘我推～测，现在的情况是分子的形式发生了另一种变化，从贝塔变成了伽马，而伽马像阿尔法一样，是一种无害的、惰性的小～家伙。我们又回到了起点。

“‘我们的问题，无论是你的还是我的，都是得找到把我们所有人体内～富集的伽马变成贝塔的办法。换句话说，现在我们已经突然治愈了这种在整个人类中流行了几千年的疾病，我们希望我们的疾病再次出现。我想～我明白该怎么做了。’

“我没法从他那儿打听出更多的内容；我们比以往更加努力地工作。几个星期后，他宣布准备在自己身上做实验；他的方法包括数种药物的合剂——我没记错的话，其中一种是治疗马鼻疽的标准药物——和高频电磁热。

“我不热衷于此，因为我觉得他是个挺好的人，他要给自己用药的剂量之大，看上去足以杀死一个团的人。但他勇往直前。

“是的，那几乎要了他的命。但三天后，他多多少少恢复了正常，当他发现四肢和躯干上的毛发正在迅速脱落时，他大叫起来。几周后，他的体毛就没了，恢复成了我们脑海中的那个墨西哥病毒学教授。

“然后我们真正的惊～喜来了，或是说惊吓！

“我们原以为宣传活动会让我们或多或少忙得不可开交，因此我们也做了相应的准备。我记得自己盯着奥利韦拉的脸看了整整一分钟，然后向他再三保证他已经把胡子修剪整齐了，还让他把我的新领带理平整。

“我们这个具有划时代意义的公告招来了两个无聊记者的私人电话，两个科学期刊编辑的电话采访，连一个摄影师也没有！我们确实登上了《纽约时报》的科学版，但只有大约十二行字，这篇文章仅仅写明了奥利韦拉教授和他的助手——未具名——已经找到了多毛症的成因和治疗方法。但对这一发现可能产生的影响只字未提。

“我们与医疗中心签订的合同禁止我们对自己的发现进行商业开发，但我们预计，一旦这种方法公之于众，会有很多人立刻效仿。然而这并没有发生。事实上，我们造成的动静不过像是发现了温度和牛蛙叫声高低之间的关联。

“一个星期后，我和奥利韦拉把这个发现告诉了系主任惠洛克。奥利韦拉想请他利用他的影响力来建立一个脱毛诊所。但惠洛克置若罔闻。

“‘我们接到了一些询问，’他承认道，‘但没什么可激动的。还记得齐默尔曼癌症治疗方案出台时大家的热情吗？好吧，没有什么能比得上那一次。其实，我——嗯——在犹豫我个人是否应该谨慎接受你的治疗，尽管治疗可能是有效的，奥利韦拉医生。我丝毫没有贬低你所做的杰出工作。但是，’说到这里，他用手指拨弄着他的胸毛，有六英寸多长，很浓密，白得像丝一样漂亮，‘你知道，我已经很喜欢我的这身毛发了，裸露的皮肤会让我觉得有点不体面。再说，这比一套衣服便宜多了。而且——嗯——我可以谦虚地说——我不认为我的毛发难看。我的家人一直嘲笑我穿得邋里邋遢，但现在轮到他们受到耻笑了。他们中没有一个人能拥有像我这样的毛皮大衣！’

“奥利韦拉和我离开时，心情有点失落。我们询问了熟识的人，还给其中一些人写信，了解他们对接受奥利韦拉的治疗有什么看法。有几个人说，如果有足够多的人这样做，他们可能会跟随形势，但大多数人的反应与惠洛克医生如出一辙。他们已经习惯了自己的毛发，觉得没有理由回到以前的无毛状态。

“‘所以，帕特，’奥利韦拉对我说，‘看～来我们好像并没有因为我们的发现而名声大噪。但我们也许仍～然能挽回一点～小钱。你还记得百～万美元的奖金吗？在我身上的治疗一有成效，我就把申请寄了出去，我们随时都会收到政府的消息。’

“然后我们收到消息了。当时我在他的公寓里和他闲聊，这时他太太拿着信冲了进来，尖叫着：‘快打～开！快打～开！罗曼！’

“他不慌不忙地打开信封，摊开那张纸看了起来，然后皱起眉头，又读了一遍。接着他把信放下，小心翼翼地取出一根香烟，点燃了过滤嘴那一端，用最平静的声音说：‘我又犯傻～了，帕特。我从来没想过奖励会有时间限～制。现在看来，国会中狡猾的混蛋附加了这一条，所以这项奖励在五月一日截止了。你还记得吗，我十九日寄出申请，他们二十一号收到。晚了三个星期！’

“我看了看奥利韦拉，他看了看我，又看了看他的妻子。她看着他，然后一言不发地走到柜子前，拿出两大瓶龙舌兰酒和三个玻璃杯。

“奥利韦拉拉起三把椅子，围放在一张小桌子旁，他在一把椅子上坐下，叹了口气。‘帕特，’他说，‘我可能没有一百～万美元，但我拥有更有价值的东西——一个在这～种时候知道我需要什么的女～人！’

“这就是‘大变革’的内幕——或者至少是其中的一部分。这就是为什么，今天当我们谈到一个淡金发色的电影明星时，我们指的不仅仅是她的头发，而是她从头到脚闪着银光的美丽毛发。

“还有一件事。几天后，伯特·卡夫基特请我去他家吃饭。我把奥利韦拉和我遇到的麻烦告诉了他和他妻子，他问我买的脱毛剂制造商的股票怎么样。

“‘我注意到这些股票已经回到了原来的水平。’他补充道。

“‘没什么可说的，’我告诉他，‘大约在它们开始从顶峰下滑的时候，我忙于为罗曼工作，便顾不上了。我最终注意到它们的时候，只能以每股几美分的利润出手。你去年神神道道提起的股票表现如何？’

“‘你进来的时候看到我的新车了吗？’伯特咧嘴大笑，‘多亏它们，或者说，多亏了琼斯和加洛韦公司。’

“‘琼斯和加洛韦是做什么的？我从来没听说过。’

“‘他们做’——说到这里，伯特咧开的嘴角似乎要绕头一周，在脑后会合——‘马用梳子！’

“故事讲完了。卡尔也带着啤酒回来了。该你发牌了，对吧，汉尼拔？”

（胡晓诗　译）

炼“金”术师集合

至1938年，即将开创科幻黄金时代的影响因素们开始聚集在杂志之上。坎贝尔从9月开始担任《惊异》主编，他的选集也已开始出版。一个成熟的读者群体正蓬勃生长，即将达到产生质变的临界值，并开始以生产作者的方式发挥影响力。基础性的发明发现已发展到了一个足以产生技术变革的新阶段，这向人们预示了一个与当下迥然不同的未来。

变化无所不在。从长期萧条中复苏的社会又给人们带来了一种崭新的乐观情绪。纽约世博会最受欢迎的展馆主题就是进步。发生在中国的连年战争、集结的军事力量、纳粹德国不知餍足的领土要求，就连这些预示着第二次世界大战的征兆都给人类对未来的期望罩上了一层矛盾性的兴奋色彩。

此时，坎贝尔彰显自己存在价值的方式已不只是他的故事选集和编辑工作，也在于他给相熟的作家写的那些信件，和他从那些不请自来的主动投稿中挖掘出的珍宝，以及他与纽约作家的种种谈话。这是个性化编辑方式的发端，这种编辑与作家共生共栖的形式将开创一种全新的科幻小说。

读者的阅读素养已经被杂志训练了超过十年。他们发展出了自己的科幻品味，登刊的读者回信表达出了他们的偏好。一些读者出于个人野心，或是因未能读到自己偏好作品的沮丧感，而开始了主动投稿，他们的故事创作基于一代科幻读者的阅读经验和科幻迷的社群批评。

唐纳德·沃尔海姆（Donald Wollheim）在其个人的科幻史专著《宇宙创造者》（*The Universe Makers*）中写道："科幻建立在科幻之上。"对于那些为坎贝尔写作的新作者，他写道："他们实际上是从科幻小说中成长起来的第一代作者，被圈禁在科幻之中，某种程度上也在科幻之中受到教育，因此也能用之推动未来。"

1930年代并非科学大发现的年代，但人们开始意识到，与此前的半个世纪相比，科技以种种方式使人类的生活产生了革命性的变化。人们观察到汽车、无线电、航天器的改进如何改变了社会，而且这种变革大有可能还将继续下去。1935年，尼龙和合成橡胶的发明表明了任何物品都可以人造，甚至包括人命本身。针对蔬菜、动物，甚至人类本身的计划性（或意外）基因改变似乎只待时机，或是只等有人愿意。针对原子的研究令原子能和原子弹的出现看似即将临近。这些东西加上新式战争武器，包括细菌战的可能性，都威胁着人们，下一次大规模战争就将是世界末日。

所有这些，都成了《惊奇故事》1938年4月刊上的一篇故事的要素。这个故事题为《忠诚的伙伴》（"The Faithful"）。它的作者来自杂志的读者群，这是他的第一篇小说，他就是莱斯特·德尔·雷伊（Lester del Rey）。

德尔·雷伊是其父第三次婚姻中的第二个孩子。生母在他出生不久后就过世了；其后，他已经55岁的父亲又结了一次婚，在最后一次婚姻中又生了两个孩子。德尔·雷伊在明尼苏达州东南部的一个贫瘠农场里长大，他曾回忆道，他的家人在那里就像“南方的佃农”一样生活。他很早就被迫务工赚钱，但他记忆中的童年是一段快乐时光，特别是他在父亲的书房里发现的那些图书，以及举家搬迁到小镇以后，他在高中图书馆里发现的那些图书。

他从 12 岁开始就在暑期离家务工。15 岁时，他结了婚，3 个月后就因妻子坠马而亡成了鳏夫。通过一位高中图书管理员的鼓励和帮助，他拿到一份乔治·华盛顿大学的半额奖学金，以及一位有点儿血缘关系的叔叔提供的食宿。但在念了两年大学之后，他便辍学开始做起一系列低薪工作。

创作《忠诚的伙伴》是因一个女性朋友与他打赌，看他能否写出比他所批评的《惊异》上的故事更好的故事。这篇小说立刻就被接受了，但他接下来的几次投稿却遭拒绝。他在写作方面的投入从未深入，始终摇摇摆摆。

尽管卖了 50 多年小说，出版了近 50 本书和几百万字的印刷品，但他依然认为，他在写作方面并未像他应当的那样热情。在卖出第一部小说后的 13 年里，他始终不曾将自己当作一名职业作家。他曾在《德尔·雷伊早期作品集》（*The Early Del Rey*）中写道：“走笔成文，于我而言只是一个在无所事事时退而为之的（偶尔）有利可图的爱好。”

不过，在 1938—1940 年间，他向《惊异》杂志卖了许多故事，包括那部被各类选集多次选编的《合金美人》（*Helen O'Loy*），也为《未知》提供了一些稿件。最终，他于 1942 年为《惊异》提供了一篇先觉性惊人的自然主义中篇小说，描绘了一次核电站事故，题为《神经紧张》（“Nerves”）。这部中篇后来被扩写为长篇，并于 1956 年出版发行。不过，直到他的一系列短篇小说被汇编为短篇集《……

还有一些是人类》(*... And Some Were Human*),在他为斯科特·梅雷迪思文学代理公司工作了三年,为各类侦探小说杂志、西部小说杂志,甚至是体育杂志撰写了无数故事后,他才真正开始全职作家生涯。

自那时起他便成为一位作家,尽管有时,特别是在后半生里,他主要从事的是编辑工作。他撰写的作品类型广泛,包括纪实文学和少儿读物。他为温斯顿科幻系列丛书的少儿科幻作品打头阵撰写的《火星受困记》(*Marooned on Mars*)赢得了1951年的男孩奖青少年小说奖。他的其他著名作品还包括《第十一条诫命》(*The Eleventh Commandment*),以笔名埃里克·范·利恩(Erik Van Lhin)写就的《保卫你的星球》(*Police Your Planet*),以及一部题为《因为我是忌邪的人》("For I Am a Jealous People")的中篇小说。

在P.斯凯勒·米勒过世后,他接管了《模拟》杂志的科幻小说审核工作。随后,1952年创立的一家主流科幻出版公司巴兰坦图书开设了一个德尔·雷伊科幻部门,由他和他的妻子朱迪–林恩·本杰明·德尔·雷伊(Judy-Lynn Benjamin del Rey)共同管理。他一度担任《银河》和《如果》杂志的主编,后来成为巴兰坦图书公司成功的科幻编辑。德尔·雷伊在奇幻小说方面投注了大量时间,发掘出了几位新的主要作家。1990年他获得美国科幻作家协会颁发的科幻小说大师奖,四年前朱迪–林恩也曾获得相同荣誉。

德尔·雷伊的主要特点在于,他对写作的方方面面都抱持着一种职业性的坚持,但《忠诚的伙伴》就如他的许多其他作品一样,流露出一种超越职业性的人文关怀。他的第一部故事集合了几个主流话题:基因操控、原子能和终极战争、人类灭亡、寿命延长,以及由其他物种继承人类遗产。

(憬怡　译)

忠诚的伙伴

［美国］莱斯特·德尔·雷伊

今天，在这个绿雾弥漫的美丽世界，在这座最强盛的人类之城里，人类的最后一员即将死去。而我们这些人类的造物，则被留了下来，哀悼他的逝去，敬奉对人类的怀念。人类曾经控制着他们所知晓的一切，除了他们自己。

我已经老了，就像我的族人一样，但我的血液依然年轻，如果这名最后的人类告诉我的事是真的，那我的生命可能还将延续无数年。这也是人类的杰作，正如我们，还有猿人[1]，归根结底都是人类的杰作。我们狗人是古老的一族，和人类已经共同生活了很久。然而，若不是因为罗杰·斯特伦，我们此时也许仍旧一边对着月亮吠叫，一边抓挠身上的跳蚤，或是躺在人类帝国的废墟上，对人类的逝去感到漠然的惊奇。

早期也有记录，记载了狗能笨拙地说出几句人话，但亨格尔是罗杰·斯特伦的宠物，在亨格尔努力学习说话的过程中，斯特伦看到了理想和毕生的事业。亨格尔接受了喉部和口腔手术，这使得说

1. 这里的“猿人”（Ape-People）是指“类人猿-人”，就像文中的“狗人”（Dog-People）一样。

人话变得更为可行。手术是相对简单的部分，寻找其他“会说话”的狗就困难得多了。

但除了亨格尔，他还是找到了另外五只，并以此作为起点开始了工作。他采用了选种繁殖、术后训练、腺体植入和 X 射线诱变的方法，并取得了稳步的进展。起初，资金还算是个问题，但他的宠物很快就赢得了世人的关注，并获得了高昂的报价。

到他去世的时候，原本的六只狗已经变成了数千只，而他也已经照管饲养了二十代狗。在当时，培育一代我这个品种的狗只需要三年时间。他眼看着自己后院逼仄的圈舍发展成了一座拥有百名追随者和学生的庞大机构，他还发现全世界都在盼望他成功。最重要的是，在如此之短的时间里，他已经目睹了摇尾交流让位于有限的言语交流。

他所开创的事业继续了下去。两千年后，我们在人类的工作中拥有了一席之地，即便对于罗杰·斯特伦，这也是不可想象的。我们拥有自己的学校、房子，我们和人类一起工作，我们还有自己的社会。在我们愿意的时候，我们甚至可以独立。而我们的寿命也不再是十四年，而是五十年，甚至更长。

人类同样走过了一段很长的旅程。星辰几乎尽在他们的掌握之中。几个世纪以来，荒芜的月球一直为他们所有。火星和金星发出召唤，人类曾两次抵达那里，但后来就不去了。它们太近了，而人类几乎已经征服了宇宙。

但人类并未征服自己。他们在前进的道路上遭遇了重重挫折，因为他们不得不外出征战，杀死自己的同类。而现在，关于人类过去的记忆被再次唤起，记忆里的他们离家征战，与同类展开战斗。城市化作尘埃，南方的平原重新变为荒漠。芝加哥笼罩在一片绿色的薄雾中。死亡徐徐降临，于是人们逃离城市，之后死去，徒留下一座空城。人类不复存在，而城市上空的薄雾依旧，日复一日，年复一年，笼罩不散。

我也曾奔赴战场，驾驶着专门为我们制造的飞机，翱翔于新星帝国的城市上空。一枚枚微型原子弹从我的飞机上投下，落在房顶，落在农场，落在一切人类——那些造就我们的人所拥有的万物上。我必须战斗，因为我方的人类是这样告诉我的。

不知为何，我并未战死沙场。在最后一次大猛攻后，半数人类死亡，我召集了我的族人，跟着去了北方，一些我方的人类已经转向那里寻找避难所了。人类建造的三座城市依然耸立——笼罩在绿色薄雾中，毫无用处。人类躲进森林，蜷缩在小火堆旁，三五成群地外出狩猎觅食。然而，战争还不到一年就结束了。

人类与我的族人享受了一段平静的时光，计划着一旦战争结束，就着手重建过去的一切。然而瘟疫来了。随着瘟疫毒性的增强，那些已经研制出的抗毒素失去了效用。瘟疫蔓延至陆地和海洋，感染着一手造就它的人类，并杀死他们。它就像一剂强效士的宁[1]，使人类在剧烈的痉挛和干呕中死去。

人类也曾短暂地联合起来抵抗瘟疫，但没能控制住它。它无情地蔓延着，甚至蔓延到了他们在北方建立的小型定居点。而我，则悲伤地目睹了身边的我方人类被它带来的痛苦所折磨。再然后，人类消失了，我们这些狗人被独自留在了这个支离破碎的世界里。我们在那台我们所能操作的小型无线电前努力了几个星期，但不曾收到回应。于是我们知道，人类灭绝了。

我们能干的活儿不多。我们不得不像从前那样寻找食物，并在我们略微改造过的前爪的允许范围内，小规模地种植庄稼。但贫瘠

1. 又名番木鳖碱，一种生物碱，作用于中枢神经，对人和哺乳动物有剧毒。

的北国并不适合我们。

我把分散的部落召集起来，之后我们开始了漫长的南行。我们在四季更迭中跋涉，春季留步种粮，秋季停驻打猎。随行的雪橇日渐老旧、坏损，我们却无力更换，行进也因此变得愈发缓慢。有时候，我们会遇到更小群的同族，他们中的大多数已经恢复了野性，对于这部分人，我们不得不强行将其塑造回我们的样子。渐渐地，在南行的途中，我们的队伍变得越来越壮大。我们一路寻找人类：五万年来，我们这些狗人一直和人类生活在一起，为他们服务，我们不清楚除此之外的生活方式。

在曾是华盛顿州的荒野里，我们遇到了另一支并未退化至遵循野性法则的族群。他们有马儿为他们干活，甚至拥有粗制的马具和他们能操作的机器。我们在那儿住了大约十年，成立了政府，并为自己建立起一座简陋的城市。对于那些人类能用双手干的活，我们不得不去发明些可以被我们可怜的四肢和牙齿使用的东西。但我们找到了一种安全感，甚至获得了一些可以用来教育后代的人类书籍。

后来，一族西行的狗人来到我们的山谷，告诉我们，他们听说我们的其中一个部落在某座大城市里找到了避难所和粮食。那座城市位于东面的湖边，城内高楼林立。我猜那只能是芝加哥。他们并没有听说绿色薄雾的事——只听说那里可能存在生命。

当天晚上，我们围着篝火，断定既然那座城市住过人，就会有为我们设计的房子和机器。那里可能存在人类，他们也可能有机会在这片遗迹中养育我们的后代，而这本就是他们与生俱来的权利。我们忙碌了几个星期，为去往芝加哥的远行做准备。我们将物资装进简陋的马车，再在上面拴上牲畜，之后便踏上了向东的旅程。

当我们抵达城外扎营时，已临近冬日。芝加哥依旧庞然宏伟。这里荒废了六十年，但我们目光所及的一切都还在。城西的喷泉在自动发动机的驱使下，仍在喷涌。

我们在黑暗中悄悄逼近了其他部落。他们就住在一个大广场上，那里遍地都是污物，我们还注意到，他们甚至没有文明世界遗留下来的火。没有退让，没有协商，一场野蛮的战斗就此展开。对方已经在人类城市这令人懒散的庇护所里堕落得太久了，加上他们的家族并不如传闻中的那么庞大，等到太阳升起的时候，他们已或被杀，或被俘。俘虏们都被囚禁了起来，直到我们将其教化成我们的样子。这座古城是我们的了，经过这么多年，绿色薄雾已经消失了。

在我们周围有充足的供给，有我知道如何运转的食品加工厂，有人类为满足我们的需求而制造的机器，有我们可以居住的房屋，还有只须轻触一下开关便会开始从爆裂的原子核中汲取出的能源。即使没有手，我们也可以在这里安居乐业很久。或许在这里，哪怕没有找到人类，我的梦想也能得以实现，那就是使我们的四肢适应人类的工具，去做他们的工作。

我们清理了城市里的垃圾，搬到了大芝加哥南区，我们狗人曾在那里拥有自己的地盘。我和其他几位从父辈那里接受过人类文明教育的长者建立了旧时的社会制度，并启动了巨大的供水和照明设备。我们恢复了稳定的生活。

四周后，我的一名副手把保罗·肯扬带到了我的面前。是人！活生生的人！在过了这么久之后！他笑了笑，我示意那些满脸热切的族人离开。

“我看到你们的灯了，”他解释道，“起初我以为是有人回来了，但那是不可能的。然而很显然，文明依旧保有追随者，于是我就请了你们中的一个带我来见首领。向你致以来自人类所剩之人的问候！”

“你好。”我气喘吁吁地说道。这种感觉就像是目睹了众神的归来。我喘不过气来，一种巨大的安宁和满足感涌上了我的心头。“你好，愿神赐福与你。在此之前我已经不指望还能再见到人类了。”

他摇了摇头。“我是最后一个。五十年来，我一直在寻找人类——但没有人。好吧，你们干得很不错。我想和你们一起生活，一起工作——如果可以的话。我不知怎么地就从瘟疫中幸存了下来，但这病仍会时不时地侵扰我，而最近这种侵扰变得更加频繁了，发病时我不能动，无法照顾自己。这就是我来找你的原因。”

“真有意思。”他顿了顿，“我好像认识你。你是亨格尔·贝尔伍夫十四世吧？我是保罗·肯扬。你或许还记得我？不记得吗？好吧，已经是很久以前的事了，那时你还很年轻。或许我的气味因为这个病而改变了。但你眼睛下面的白色条纹还在，我记得你。”

他的归来，让我不再需要其他东西去获得我的满足感。

如今，一个拥有双手的人类加入了我们，而他帮了我们大忙。最为关键的是，他是一位老者，能为我们的工作提供指点。但就如他所说的，他的旧病经常复发，这会使他陷入剧烈的抽搐中，虚弱好几天。我们学会了照顾他，在他需要的时候提供帮助，与此同时，我们学会了让我们的社会去适应他的存在。最终，他向我提出了一个建议。

“亨格尔，”他说，“如果你有一个愿望，它会是什么？”

“人类的回归。恢复旧时的秩序，让我们可以和人类一起工作。你我都很清楚我们有多需要人类。”

他不自然地咧嘴笑了笑。“现在似乎是人类更需要你们。但如果这个愿望实现不了，你的下一个愿望是什么？”

“手，”我说，“我日思夜想，就想拥有一双手。但我永远也不会拥有它们。”

“或许你会的，亨格尔。难道你就不好奇，为什么你的年龄已是正常年龄的两倍，却依然活着，而且身强力壮？你有没有好奇过，我是如何抵御住至今仍在我血液中流淌的瘟疫的？还有，从我出生到现在已经过去了七十年，为什么我看起来还只有三十多岁？”

“有时候吧。”我答道，“眼下我没时间去好奇，况且当我好奇的时候——人类是我唯一知晓的答案。”

“回答得很好。”保罗说，“你说得对，亨格尔，人类即是答案。这就是我记得你的原因。战争爆发前三年，在你刚刚达到性成熟时，你来到了我的实验室。现在你想起来了吗？”

“那个实验，”我说，“这就是你记得我的原因？”

“是的，那个实验。我稍稍改变了你的腺体，并把某些组织植入你的体内，就像我对我自己所做的那样。那时我正在寻找永生的奥秘。尽管当时我们没有任何反应，但它起效了。我不知道我们还能活多久——或者说，你还能活多久。它帮我抵御了瘟疫，但没能帮我痊愈。”

所以这就是答案。保罗立在那里，久久地注视着我。“是的，我在无意间救了你，而你延续了人类的未来。但我们要谈的是手的问题。

“正如你知道的，在美洲的东面有一片名为非洲的广袤大陆。但你知道吗，人类在那里研究类人猿，就像在这里研究你们狗人一样。我们在类人猿身上取得的进展远不如在你们身上取得的——我们开始得太晚了。不过，它们会说一种简单的语言，也能做一般性的工作。我们改变了它们的手，使大拇指和其他四指相对，就像我的一样。那里，亨格尔，就有你需要的手。”

我与保罗·肯扬仔细地制订了计划。在市内的机库里，停放着为我们狗人设计的飞机。在这之前，我从不认为有使用它们的必要。我们在检查时发现这些飞机的状况良好，而当我率先驾机起飞时，我感到早年训练的手感又回来了。飞机上携带的燃料足够它们绕地球飞行十圈，必要时，它们还可以从湖中的大油箱里汲油。

我们一起做了一些机械的工作，尽管他的大部分工作都是趁着每次病情好转的间隙完成的。我们拆除了飞机上所有的作战装备。在六百架飞机中，只有两架报废，其余的除了飞行员还能搭载两千多名乘客。我们装备了麻醉气体罐，假如类人猿已经完全恢复到野蛮状态，我们便能以此制伏它们，并将它们绑上飞机带回来。我们在周围的房屋中建造了足以控制住它们的坚固住处，其设计同时保证了它们的舒适性，只要它们不闹。

起初，我计划亲自率领这支远征队伍。但保罗·肯扬指出，相比于我们，类人猿会更愿意听他的。“毕竟，”他说，“是人类教育了它们，给予了它们照顾。它们对我们可能还有模糊的印象。而狗人，它们只会当你们是野狗，是它们的敌人。我可以去和它们的首领接触，当然，是在你们的保护下。如果不这样做，就有可能引发战事。”

每天，我都会带几个我们的年轻人上飞机，教他们如何操作操纵杆。一旦学会，他们就会开始指导其他人。这是一项需要几个月才能完成的任务，但我的族人和我一样，深知我们对手的需求。哪怕只有一线希望，也值得一试。

远征队出发的时候已是晚春。我能通过电视了解他们的进展，他们对于操纵杆的操作还是感到吃力。当然，在身体允许的时候，电视那头的肯扬也会亲自驾驶。

他们在大西洋上空遭遇了暴风雨，三架飞机因此沉入海中。但在我的副手和肯扬的指挥下，其余飞机都经受住了暴风雨的考验。他们在化作废墟的开普敦附近着陆，但没有发现类人猿的踪迹。之后，他们开始了对丛林和平原长达数周的侦察。他们见到了类人猿，抓住几个后，却发现它们不过是大自然造就的原始生物。

他们最终取得了成功，但一切纯属偶然。当时他们已经搭好营地，还点了篝火，以防游荡于那片土地上的野兽来袭。肯扬的身体状态难得不错。营地外围的帐篷里设立了电视广播，他正在播送当天的全部情况。紧接着，一张粗糙、毛发蓬乱的脸忽地在他头顶出现。

他一定是看到了影子，因为他猛地转过身，不再说话，并缓缓地走开。站在他对面的，是一只类人猿。他静静地站在那里，看着那只类人猿，不知它是野生的还是经过驯养的。它迟疑了一下，然后，它走上前。

“人——人类，”它——他开口说道，“你们回来了。你们去哪儿了？我是托勒密，我看到你了，然后就来了。”

“托勒密，”肯扬微笑着说，“见到你真是太好了，托勒密。坐吧，我们来谈谈。很高兴见到你。啊，托勒密，你看上去年纪很大了，你的父母是由人类养育的吗？”

“我想我已经八十岁了。我也说不准。但很久以前我是由人类养育的。现在我老了，我的族人说我太老了，当不了领袖了。他们不希望我来找你，但我了解人类。他们对我很好。他们还有咖啡和香烟。”

“我这儿就有咖啡和香烟，托勒密。”肯扬笑道，“等等，我去拿。话说回来，你的族人，在丛林里生活不会太过艰苦了吗？你愿意和我一起回去吗？”

“是的，很艰苦。我想跟你回去。你们有很多人吗？”

“不，托勒密。”他把咖啡和香烟递到类人猿面前，后者急切地喝起咖啡，并借着篝火小心翼翼地点燃了香烟，“不多，但我有朋友和我在一起。你一定要把你的族人带到这里来，让我们也交个朋友。你们人多吗？”

“是的。十个十，再乘十——我们差不多有一千人。大战后，这座人类城市里就只剩下我们了。一个人类释放了我们，我领着族人离开，住进了丛林。他们想分成小的部落，但我把他们合成了一个，我们很安全。但食物很难找到。”

“我们有很多食物，在一座大城市里，托勒密，还有会帮助你们的朋友。你记得狗人对吧？如果他们像人类一样对待你们，喂养你们，教导你们，你们愿意像和人类那样同他们一起工作吗？”

“狗？我记得人狗[1]。他们不错。但这儿的狗不行，我能闻到这儿的狗的味道，跟我们每天闻到的狗味可不一样。我的鼻子也不太好使了。我愿意和人狗一起工作，但我的族人需要慢慢了解他们。”

随后的电视广播表明事情进展迅速。我看到类人猿三三两两地来到营地，与保罗·肯扬见面，他给他们食物，并向他们引见我的族人。进展不快，但当他们中的一些变得不再惧怕我们的时候，另外的那些也就更容易说服了。只有少数几个类人猿逃走了，再也没回来。

人类钟爱的香烟——我的族人倒是从来不吸——帮了大忙，因为他们十分乐于学会抽烟。

几个月后，他们回来了。他们回来的时候带回了九百多个猿人，而保罗和托勒密已经着手于他们的教育。我们的第一项工作是对托勒密进行细致的体检，结果显示他非常健康，并且像一个年轻的类人猿一样充满了活力。人类延长了他们一族的寿命，就像延长了我们的寿命一样，而托勒密显然是一个圆满的成功范例。

现在，他们已经与我们共同生活了三年，在此期间，我们教会了他们按照我们的指示使用双手。巨大的单轨电车在我们的头顶飞驰，工厂也已恢复了生产。他们学得很快，好奇心使他们对新知识

1. 原文为 Man-Dog。

充满了渴望。他们在这里茁壮成长，繁衍生息。我们不必再为没有手而哀叹。或许在不久的将来，在他们的帮助下，我们可以进一步改变我们的前爪，学会用两条腿走路，就像人类那样。

今天我从保罗·肯扬的病榻前回来了。如今，在肯扬能说话的时候，我们会经常凑在一起——或许我该把忠诚的托勒密也包括在内——我们之间已然建立起深厚的友谊。我今天向肯扬提出了一些计划，计划对类人猿进行心理和生理上的改造，直到他们变成人类。大自然曾使类人猿进化成了人类，为什么现在我们不能对猿人做同样的事呢？地球将重现人烟，科学将重新发现星球，人类将拥有与他们相像的继任者。

还有就是，我们狗人已经追随了人类五万年。太久了，久到我们很难去改变。在地球上所有的生物中，只有狗人如此追随着人类。我们无法成为那个带领他人的人。没有人类的陪伴，任何一只狗都是不完整的。猿人将成为人类。

这是一个令人愉快的梦，但绝不是不可实现的。

肯扬在我和他说话的时候露出了微笑，并以他一本正经时惯用的诙谐口吻劝告我，不要把他们改造得太像人类，以免他们被另一场瘟疫毁灭。好吧，这个我们能够防范。我猜他也梦想过人类的重生，因为他的眼中闪过了一丝泪光，而且他看起来对我颇为满意。

眼下能取悦他的事物已所剩无几，他在我们之中孤身一人，饱受疼痛的折磨，等待着迂缓却终将到来的死亡。那些老毛病变得越来越严重，而瘟疫还在进一步地蚕食他。

我们现在能做的就只是给他镇静剂，以缓解他的疼痛，尽管我和托勒密已在他的血液中发现了瘟疫病毒，并对其进行了分离。这似乎是霍乱的一种，根据这个信息，我们做了一些工作。旧的瘟疫血清也提供了线索，我们的一些血清似乎缓解了他的病状，但并没能将它们根除。

成功的机会微乎其微。我没有告诉他我们在做的事，因为只有意外的好运降临，我们才有可能在他死前取得成功。

人类即将灭亡。实验室里，托勒密一直重复说着什么。我猜那是一句祷告词。好吧，或许那个他从人类那儿了解来的上帝会大发慈悲，赐予我们成功。

保罗·肯扬是旧世界——那个我和托勒密深爱的世界——所剩的唯一人类。而今他躺在病房里，痛苦地呻吟着，奄奄一息。偶尔，他会望向窗外，看南飞的鸟。他凝视着它们，仿佛自己再也不会见到它们了。唔，他还会吗？我想起他曾喃喃低语的那句话：

“没有人知道——”

（非淆　译）

科学童话

科幻小说并不都是理性的猜想，外延的推想，科学的真实；实际上，许多科幻小说几乎不具备这些特质。但科幻小说的故事还有另一个维度。萨姆·莫斯科维茨谈到“一种惊异感”。杰克·威廉森形容它是“未来的神话”。另一些评论者也提到了类似话题。

所有试图对此难以定义之物下定义的努力都涉及同一现象：科幻小说会触及人类某些根本的希望和恐惧。“小说不过是形诸文字的梦，”1953 年约翰·坎贝尔写下了这样的话，“而科幻小说就是由建立在技术基础上的社会的希望、梦想和恐惧（因为有些梦境是噩梦）所组成的。”

某些科幻小说就跟童话一样，有的部分无法用逻辑来分析。人们可能会在世上某个不为人知的地方遇到奇怪的生灵：宁芙、林中女仙、美人鱼、侏儒、小仙子、哥布林、巨魔，种种拥有超自然力量，能威胁到凡人的生命、灵魂或者意愿的生灵。

童话中还包括相比那些必死的凡人拥有更强大能力的人：巫师、魔法师、神祇、半神，还有那些被神明赐福或是诅咒的人类，就像是英雄、吸血鬼和狼人，被命运驱使做出种种奇行。在有些故事里，凡人获得了非凡的力量，满足愿望的能力，比如七里靴、隐身斗篷、水晶球、预言或者占卜的天赋，望远、读心或是操控他人行为的能力。有时人们要接受挑战以证明自身的价值，方法是通过完成艰难的任务，比如屠龙，感觉到一大堆床垫下的豌豆，又或是把稻草纺成金线。

一些毫无疑问广受喜爱的科幻小说，表面上可能看不出流行的原因，那么原因必定在于这种深层次的情感反应。A. E. 范·沃格特的大部分作品都属此类。

A. E. 范·沃格特出生于加拿大温尼伯，是一个律师的儿子，在萨斯喀彻温省的一个乡村中度过童年。他 8 岁时接触到了童话故事，12 岁时觉得看这种故事丢脸，弃而不看了。大萧条的开始让他父亲丢失了报酬丰厚的工作，因此范·沃格特没上大学。他曾做过好几种不同的工作，然后才开始写作生涯。

不过，当时他所写的是以真实经历为基础的忏悔录[1]，而不是他在 1926 年就作为读者接触到的科幻小说。之后 7 年的时间里他写忏悔录，写爱情故事，为贸易杂志撰稿，还写无线电广播剧剧本。当他 1939 年转投科幻小说时，他已掌握了若干基础写作技巧和理论。

他的第一个科幻故事《凶兽的囚笼》（“Vault of the Beast”）被坎贝尔退稿要求重写（次年在《惊异》上发表）。他的第二个故事《黑色毁灭者》（“Black Destroyer”）发表于《惊异》1939 年 7 月号，立刻成为读者最喜欢的故事，哪怕它跟艾萨克·阿西莫夫的第一个科幻故事《趋势》（“Trends”）同期。

在《惊异》上发表了另外 3 个故事，在《未知》上发表了一个

1. 大约在 1930 年代初，他的忏悔录发表在专门刊登此类文章的《真实故事》（*True Stories*）杂志上。

后，范·沃格特的第一部长篇小说《斯兰》（*Slan*）开始在《惊异》上连载。小说是关于一个名为“斯兰”的新人种的；比起普通人，斯兰人的智能、力量、敏捷性和耐力都更强大；他们还拥有读心的能力，这跟从他们头皮上长出来，隐藏在头发之内的一些触须有关。普通人试图消灭他们，而故事主要就是从一个斯兰男孩的角度叙述的，开头才 9 岁的他在小说里挣扎着摆脱追捕，获得力量。

这部小说让 A. E. 范·沃格特在科幻小说领域声名大噪，在之后的 6 年当中不亚于海因莱因，甚或有些票选结果显示他还更受欢迎些。1939 年，他与另一位职业作家 E. 梅恩·赫尔（E. Mayne Hull）结婚，后者在 1940 年代也写科幻小说。1944 年他们搬到了洛杉矶。

在洛杉矶，范·沃格特在许多方面迸发了出乎预料的热情，这些激情起初在他的小说创作中找到了出口，而后又驱使他离开了小说写作。奥斯瓦尔德·斯宾格勒[1]的历史理论形成了《黑色毁灭者》及其多个续篇［后来被结集为《太空猎兔犬号历险记》（*The Voyage of the Space Beagle*）于 1950 年出版］的哲学基础。贝茨眼操（阿道斯·赫胥黎对此也深信不疑）为《历史编撰员》[2]（*The Chronicler*, 1946）提供了背景。《非 A 世界》（1945）在《惊异》上连载时轰动一时，几乎以一己之力让阿尔弗雷德·科日布斯基的“普通语义学”理论流行一时。

当 L. 罗恩·哈伯德[3]（L. Ron Hubbard）发表他的“戴尼提”理论时，A. E. 范·沃格特是其最早的信奉者之一。戴尼提自吹是获得健康的身体和完美的灵魂的途径。范·沃格特以他特有的那种狂热成为一名戴尼提推广者、导师，一度还担任了洛杉矶的戴尼提基金会

---

1. 德国历史哲学家，代表作《西方的没落》提出文明和生物体一样，不可避免地要经历生老病死的过程。
2. 又名《三眼邪魔》（*The Three Eyes of Evil*）。
3. 美国科幻作家，邪教“科学学教”的创始人。

分会的管理者。到1960年代早期他才回到写作中来，写科幻，也写其他种类的书籍，但他最受人喜爱的仍然是他的那些早期作品。

他其他的知名科幻小说包括《武器店》（“The Weapon Shop”，1942）、《武器制造商》（*The Weapon Makers*，1943）、《伊夏的武器店》（*The Weapon Shops of Isher*，1949）、《混种人》（*The Mixed Men*，1952）、《非A世界的玩家》（*The Players of Null-A*，1948）、《抗蠕战争》（*The War Against the Rull*，1959）和《林恩家的巫师》（*The Wizard of Linn*，1950）。

范·沃格特的作品出众之处在于其完满的叙事技巧，常有令人吃惊的想法和曲折复杂的情节。詹姆斯·布利什[1]（James Blish）称之为“精心构造的繁复情节”，并不时将这样的写作方式运用到自己的作品之中。在为《远方的世界》所写的那篇题为《科幻短篇中的复杂性》（“Complication in the Science Fiction Story”）的文章当中，范·沃格特将自己的写作技巧描述为“每个场景写800个单词，并将写作中产生的新点子随时放进去”。

这样写出来的故事，如果读者暂且停下阅读去分析所发生的一切，那么往往会发现情节令人困惑，有时甚至自相矛盾。一位叫达蒙·奈特的年轻人对《非A世界》做了一番精彩的分析[2]，给他自己博得了评论家的美誉，但并没能抓住范·沃格特的吸引力根本所在。范·沃格特的故事所涉及的与其说是逻辑和科学的可能性，还不如说是故事原型，愿望成真，还有童话。

《黑色毁灭者》里有一个恶魔般的生物，它拥有诡异的能力，长得像猫，眼睛大得像盘子。《斯兰》所写的不仅是超人类，而且是

1. 美国科幻作家，其作品《事关良心》获雨果奖。
2. 即1945年发表的《偷工减料的宇宙建构者：A. E. 范·沃格特》。范·沃格特在1970年《非A世界》再版时特意提到了这篇文章。

被追捕、被迫害的神人，是必须生存下来、长大成熟来取得自己财产的史诗式英雄。《非 A 世界》这本书中的主人公是个被掉包的孩子[1]［范·沃格特在此之前发表过一篇名为《被调包的孩子》（“The Changeling”）的中篇小说］，他必须查明自己的身份，掌握他的逻辑能力和心灵传送能力，那相当于他的七里靴。

在范·沃格特的图景中，人类就像是几乎每个童话的男女主人公一样，会被无知和往往由未知的威胁所带来的恐惧所困扰，但也蕴藏着潜在的，有时候丝毫未被察觉的力量；他们只需要发现自我，弄清自己的力量所在以及该如何运用这种力量。

（何锐　译）

1. 西方传说中妖精或者侏儒会偷走凡人的婴儿，用丑陋而畸形的怪孩代替。

黑色毁灭者

［美国］A. E. 范・沃格特

科尔[1]仍在潜行。漆黑、无月、几乎也无星的夜，依依不舍地退去了，朝阳浅泛着阴森的红光，从天的尽头缓缓升起。日光微弱而暗淡，没有一丝白昼来临的温暖和惬意，只有冰冷、熹微的光线，一点点照亮一幅噩梦般的景象。

淡红的太阳终于在奇形怪状的地平线上露出了头，凹凸不平的黑色岩石和荒无人烟的黑色平原，随之在科尔的周围展现出了样貌。正在此时，科尔突然意识到：他正站在一片熟悉的土地上。

他猛地停下来。紧张的情绪灼烧着他的神经，骨骼上的肌肉也突然持续地收缩。他巨大的前腿——有后腿的两倍长——一边战栗着，一边弓起只只锋利如刀的爪子。他肩膀上长出的粗大触手停止了上下摆动，戒备地紧绷起来。

他完全震惊了，把他的大猫头从一边扭到另一边。他的耳朵上长着头发似的小卷毛，如今正疯狂地颤动着，监测着每一丝飘忽不定的微风、以太中的每一次振动。

1. 本文中，科尔既是主角的名称，也是其所属种族的名称。原文中分别以 Coeurl 和 coeurl 指代。

但是，没有任何回音，他那复杂的神经系统没有接收到任何突然的刺激，表明某个地方存在必不可少的id，连最微弱的迹象都没有。科尔绝望地蹲伏下来，在暗红色的天际的映衬下，他庞大的猫形身躯的轮廓，像一幅失真的蚀版画——画面上阴云笼罩，一头黑色的老虎在漆黑的岩石上小憩。

他早就知道这一天会到来。历经了数个世纪不安的搜寻，这一天已经赫然出现，比以往任何时候都更加逼近、更加黑暗、更加可怖——这是不可避免的，此时他必须回到当年。那时，他开始着手在一个id生物几乎耗尽的世界里进行系统的狩猎。

真相像一股无休止的、有节奏的疼痛，冲击着他的自我。刚开始，每一百平方英里就有一些id生物，他会无情地消灭它们。在这最后一刻，科尔知道得很清楚，他根本没漏掉一个id。再也没有id生物可吃了。在他拥有的数十万平方英里的领地上——通过残酷的征服，直到附近没有一个科尔敢于挑战他的权威——已经没有id来喂养他的身体，这部永生的机器了。

他一平方英尺一平方英尺地检查着。现在，他认出了正前方的岩石小丘和右边的黑色岩石桥。这座桥形成了一条奇怪的、弯曲的洞穴隧道。正是在那条隧道里，他蹲守了好几天，等待着头脑简单的蛇形id生物从岩洞里爬出来晒太阳。这是他意识到有组织的灭绝有绝对的必要性之后，所实施的第一次猎杀。

他舔了舔嘴唇，短暂地怀念起那得意的一刻——他流着口水的大嘴把猎物撕成了漂亮的、可口的小点心。但对一个没有id的宇宙的隐秘恐惧，从他的意识中抹去了这甜蜜的回忆，只留下死亡的定局。

他大声咆哮，这是一种挑衅的、恶魔般的声音，在空气中颤抖，在岩石中反复回荡，又传回来震颤着他的神经——这是他本能的、极致的宣泄，他渴望活下去。

然后——突然——它来了。

他看到那个东西，从远处一段长长的向下的斜坡冒了出来，由一个小小的发光点变成了一颗巨型金属球。这颗巨大的发光球体明显地剧烈减速，在他的头顶发出嘶嘶的声音。它向右飞过一座黑色的山丘，几乎一动不动地盘旋了一会儿，然后沉下去看不见了。

科尔吓得无法动弹。他像老虎一样，迅速从岩石丛中溜了下去。他那双圆圆的黑眼睛里燃烧着可怕的欲望，宣示了他内心的痛苦。他耳朵上的卷毛震颤着，捕捉到一个信息：附近的id数量太多了，以至于他的身体因饥饿之苦而感到恶心。

紫黑色的天穹上，小小的红色太阳像一颗深红色的球。科尔从一块岩石后面爬上来，站在阳光下，凝视着衰败的、广阔的城市废墟，从他脚下蔓延向远方。那颗银色的球尽管体积庞大，对比这一片广阔的仙境般的废墟，也出奇地不显眼了。然而，它的周身有一种被束缚的活力，一种动态的平静，不一会儿，就令它脱颖而出，成为画面的焦点。荒凉的平原从已死的都市边缘陡然延展，这个金属制的庞然大物，碾碎石头，在平原上压出了一个坑，它就停靠在这个“摇篮”里。

科尔凝视着那些奇怪的两腿生物，他们组成小队，站在飞船底部明亮的出舱口附近。他的喉咙因为他迫切的欲求而变得粗大；他的大脑因为狂野的冲动而变得阴暗。他想展开狂暴的猛攻，粉碎这些虚弱无力、身体散发出id信号的生物。

当他的肌肉里还只有电流在涌动时[1]，记忆的迷雾阻止了这股疯狂

1. 肌肉发力过程始于神经中的电流脉冲，最终由肌纤维收缩向外发力。

的冲动。记忆令他恐惧，软弱变成一股有毒的酸液，顺着他的神经倾泻而下，腐蚀了他储存的力量。他有时间看清这些生物，他们的身体上穿了些东西，这种闪闪发光的透明材料在阳光下闪射出奇异而灼热的亮光。

另一段回忆突然浮现出来。在那段朦胧的日子里，他脚下延伸的这座城市，曾是一个辉煌时代鲜活的、跳动的心脏。在枪火面前，它在一个世纪内就消失了，持枪者只知道，对于幸存者来说，id 的供应会越来越少。

正是对那些枪的回忆，使他畏缩不前，理智在恐惧的浪潮中模糊。他看见自己被金属小球击碎，被烈焰灼伤。

真狡猾——科尔明白了这些生物为什么会出现。他第一次尝试推断，这是来自另一颗星球的科学考察队。在过去，科尔们曾设想过太空旅行，但灾难来得太快了，这个想法还没来得及变成现实。

科学家意味着调查，而不是毁灭。像他们这样行事的科学家都是傻瓜。仗着自己的理解，科尔大胆地走到了出舱口。他看到那些生物发现了他。他们转身盯着他。队伍中个头最小的一个，从鞘中拔出一根闪闪发光的金属棒，一只手随意地拿着。科尔大步向前走去，他被这个动作震得魂不附体，但回头已经太晚了。

船长哈尔·莫顿听到化学家小格雷戈里·肯特发出尴尬的咯咯笑声，他一向用这种笑声来表达内心的不确定性。他看见肯特用手指拨弄那件细长的金属武器。

肯特说：“我是不会在这么大的玩意儿面前冒险的。”

船长莫顿低沉的笑声在通信器中回响。“这，”他终于咕哝着说道，“就是你能够参加这次探险的原因之一，肯特——因为你从不在任何事情上冒险。”

他的笑声渐渐消失在沉默中。当他看着怪物穿过黑色的岩石平原接近他们时，他本能地向前走，直到他站在其他人的前面一点。他巨大的身躯使透明的金属套装显得很臃肿。其他人的交谈通过无线电通信器嗒嗒地传到他的耳朵里：

“我可不想在深夜的巷子里碰到这家伙。”

“别傻了。这显然是个有智慧的生物。可能是统治这星球的种族的一员。”

“如果你忽略那些伸出肩膀的触手，然后能安心接受那双巨大的前腿的话，它看起来跟一只大猫没有区别。”

“它的形态发育，”莫顿听出来是心理学家希德尔的声音，“是以对周围环境的动物性适应为前提的，而不是智力性的。另外，它朝我们走过来的动作，并不是动物的行为，而是对我们可能的身份有着心智认知的生物的行为。你可以发现，它的动作很僵硬，这意味着谨慎，表示它知道我们手上的是武器，而且它感到恐惧。我想好好看看它的触手末端。如果它们逐渐变细变成像手一样的、能够真正抓握物体的附肢，那么结论将是必然的：它是这个城市的居民的后代。如果我们能与它建立联系，那将有很大的帮助，尽管表面上看，它已经退化成一个不太原始的历史遗物了。”

在离最前面的生物还有十英尺的地方，科尔停了下来。id的信号是如此强烈，以至于他的大脑已经陷入混乱的边缘。他感觉自己的四肢仿佛沐浴在融化的液体中；纯粹的口腹之欲轰鸣着穿过他的身体，令他的眼前有些混沌。

人们——除了那个手里拿着发光金属棒的小个子以外——其他人都走近了。科尔看到他们在直接而好奇地审视着自己。他们的嘴唇在动，他们的声音以一种单调而毫无意义的节奏穿过他的耳朵卷毛。同时，他也感觉到了一道更高频率的声波，这符合他的交流频率。不过，它是一阵机器似的咔嚓声，刺痛了他的大脑。为了表现得友好，他借由耳朵卷毛传输出了自己的名字，同时曲起一根触手指着自己。

通信主管古雷慢吞吞地说："莫顿，当他拨弄那些毛发时，我的设备里能接收到一种静电干扰。你是否认为——"

"看起来很像是的，"船长回答了这个未说完的问题，"古雷，这意味着你有活干了。如果它通过无线电波说话，你应该会有办法将振动转换为视频图像，或者是教给它莫尔斯电码。"

"啊，"希德尔说，"我是对的。每根触手各分出七根强壮的手指。假设它的神经系统足够复杂，经过训练，这些手指可以操作任何机器。"

莫顿说："我想我们最好进去吃点午饭。之后我们得忙起来了。材料员们会安装他们的机器，开始收集有关数据，看看这个星球是否可能有金属，等等。其他人可以做一些仔细的探索。我想要一些关于建筑和这个种族的科学发展的记录，特别是文明灭绝的原因。在地球上，一个又一个文明崩溃了，但总有一种新的文明在它的废墟中诞生，为什么这里没有？你们还有其他问题吗？"

"是的。这大猫怎么办呢？瞧，他想跟我们一起进来。"

莫顿船长皱着眉头，这一动作突出了他脸上那种在外太空养成的苍白，"我真希望我们能用某种方法把它一起带进飞船，而不是强行抓住它。肯特，你觉得怎么样？"

"我想我们应该先决定它是个'它'还是'他'，用哪一种称呼。我支持'他'。至于把他带进来——"这个小个子化学家果断地摇了摇头，"不可能。这里的大气含有百分之二十八的氯气。我们的氧气对他的肺来说就是纯粹的炸药。"

莫顿船长轻笑："但是他显然不相信。"他看着猫形怪物跟着前两个人通过了大门。那些人警惕地与他保持距离，然后疑惑地瞥了莫顿一眼。莫顿挥了挥手："好吧，打开第二道锁，让他吸一口氧气。那会搞定他的。"

过了一会儿，他就惊讶得呼天喊地了："老天哪，他根本没察觉到什么区别！这意味着他没有肺，或者是他的肺不呼吸氯气。让他进来！他肯定能进来！史密斯，他是生物学家的宝库，而且是无害的，如果我们足够小心的话。我们总能对付他的。但这是怎样的新陈代谢！"

史密斯，一名瘦骨嶙峋的高个小伙子，长着一张悲伤的长脸，用一种古怪而有力的声音说："在我们所有的航行中，我们只发现了两种高等生命形式。一种是依赖氯的，一种是需要氧的——这两种元素支持着生物氧化反应。我准备以我的名誉担保，任何复杂的有机体都不可能以自然的方式同时适应这两种气体。我的初步想法是，应该说这里有一种非常高级的生命形式。在很久以前，这个种族就发现了我们才刚刚开始对其进行推测的生物学真理。莫顿，只要我们办得到，千万不能让这个动物跑了。"

"如果以他急于进去的样子来判断，"莫顿船长笑着说，"要把他赶走倒可能会是件难办的事。"

他和科尔以及另外两人一起进入了船闸。自动机械嗡嗡作响，几分钟后，他们站在了一排电梯的最低层，上面通往生活区。

"那个要上去吗？"其中一个人朝怪物的方向轻弹大拇指。

"如果他愿意进去的话，最好单独送他上去。"

科尔没有表示反对，直到他听到身后的门砰的一声关上了，封闭的电梯轿厢猛地向上升高。他怒吼着，转着圈，脑子陷入了混乱。他一跃而起，扑向金属门。金属在他的猛扑之下变形了，绝望的疼痛使他发狂。现在，他完全是一头困兽。他的爪子砸向电梯门，就像压扁罐头一样。他粗壮的触手把大铁杆扯松。整个机器嘎吱作响，恐怖地抽搐着；尽管凸出的部件刮擦着外墙，他无穷的力量仍然拉动轿厢往前移动。然后轿厢停了下来，他扯掉门的其余部分，冲进走廊。

他在那里等着，直到莫顿和那些人手拿武器指着他走过来。“我们是群傻瓜，”莫顿说，“我们本该先让他看看电梯是怎么运行的。他以为我们欺骗了他。”

他向怪物示意，用精心设计的手势打开门、关上门，以演示电梯的运行。他看到他煤黑色眼睛里凶狠的光芒逐渐消失了。

科尔小跑着走进他右边的大房间，结束了这次教学。他躺在高低不平的地板上，抑制住过分紧张的神经和肌肉。被恐惧折磨，他怒火中烧。他本可以表现得如同一只温和无害的动物，但看起来他慌乱的大脑似乎让他丧失了这个优势。他的力量一定使他们惊恐不安。

现在，他清楚自己必须完成的任务面临着更大的危险。这任务就是：杀死船上的一切，并驾驶这台机器飞回他们的世界，去寻找无限的 id。

科尔睁大了眼睛，躺在地上，看着那座巨大的旧建筑的金属门道，有两个人正在往外清理散落的碎石。他的整个身体都因为细胞对 id 的饥渴而疼痛。这股渴望顺着他颤抖的肌肉席卷而过，像一个活生生的东西在他的大脑里跳动。为了跟上那些缓步进城的人，他的每根神经都战战兢兢。其中有一个人，他知道，是单独走的。

难挨的时间一分一秒地过去；他仍然克制住自己，仍然躺在那里看着，因为他知道那些人清楚他在看着。他们在第三个人的指挥下，把一台金属机器从飞船轻挪到岩石堆上，岩石挡住了飞船半开的大门。他们手指上的动静没有一丝能逃过他锐利的目光。渐渐地，他发现这机器的操作显然十分简单，轻蔑感也油然而生。

当火焰熊熊燃烧，贪婪地啃噬着下面坚硬的岩石时，他终于知道最后会发生什么了。但尽管他事先知晓，他还是故意跳起来，咆哮着，仿佛很害怕向外喷涌的白色热气似的。他的耳朵卷毛捕捉到人们的嘲笑声，以及他们对他装出来的惊愕产生的好奇和愉悦。

门被打开了，莫顿走过来，和第三个人一起进了门。后者摇了摇头。

“真是一团糟。你可以听个事情的大概。很明显，他们使用原子能，但是……但它是轮式的。这是一种特殊的发展。在我们的科学中，原子能带来了无轮机器。也有可能他们在这里发展出了一种新型的轮式机械。我希望他们的图书馆保存得比这儿好一些，否则我们永远不会知道答案。究竟发生了什么，让一种文明像这样消失了呢？”

第三个声音忽然从通信器里传来：“我是希德尔。我听到你的问题了，彭纳斯。从心理学和社会学的角度讲，一个地区之所以无人居住，唯一的原因就是缺乏食物。”

“但他们的科学技术如此先进，为什么不发展太空飞行，然后到别处去觅食呢？”

“问问冈利·莱斯特，”莫顿插嘴说，“早在我们着陆之前，我就听到他在阐述一些理论。”

这名天文学家回答了前一个问题：“我还需要核实我所有的依据，但这个荒无人烟的世界，是唯一一个围绕着那可怜的红色太阳旋转的行星。其他什么都没有。没有月亮，甚至连小行星都没有。最近的星系有九百光年之远。

“统治这个世界的种族所面临的问题是如此巨大，以至于他们不仅必须一口气解决行星际航行，还必须解决恒星际空间航行。当你考虑到我们自己的发展是多么缓慢——首先是月球，其次是金星——每一次的成功引导至下一次的成功，几个世纪后，才到达最近的恒星；最后，是适应银河系航行的反加速器——综合所有这些因素，我认为，没有实践经验，任何种族都不可能制造出这样的机器。而且，由于最近的恒星离他们很远，他们没有动力去进行太空探险，而这种探险可以带来经验。”

科尔正轻快地向另一队跑去。但现在，他被强烈的饥饿感支配着，被极度的轻蔑感充斥着，他对他们此时的所作所为毫不在意。他关于过去知识的记忆因所见之物而激活，以一种不断发展、更加生动的方式流入他的意识。

他从一个小队穿梭到另一个小队，如同一个神经质的精力过剩患者——饥饿让他感到焦躁和恶心。一辆小车开了过来，停在他的面前，一架可怕的摄像机嗡嗡作响，拍下了他的照片。在一座岩石堆上，架着一支巨大的望远镜，正对着天空。附近的一台粉碎机正将它那灼热的火焰不断钻进一个深不见底的洞，垂直向下，越来越深。

科尔的脑子一片模糊，他敷衍地看着。当他意识到自己再也无法忍受身体反应的折磨时，他的需求变得越发迫切。他的头脑因一种无法抗拒的急躁而紧张；他的身体因急切地想跟上那个独自进城的人而滚烫。

他再也受不了了。一团绿色的泡沫蒙住了他的嘴，使他发狂。他看到，恰恰就在这一刻，没有人在注意他。

就像出膛的子弹一样，他冲出来，大步飞跃，在岩石的阴影中倏然移动。一分钟后，崎岖不毛的地形就遮住了飞船和那些两条腿的生物。

科尔忘了飞船，忘了一切，只记得他的目标，仿佛他的大脑被一把能抹去记忆的神奇刷子擦得一干二净。他绕了一大圈，然后沿着荒芜的街道跑进城里，他熟练地抄着近路，穿过岁月剥蚀的墙壁上的大洞，穿过破败不堪的建筑物的长廊。当他的耳朵卷毛捕捉到id的振动时，他放慢了脚步，匍匐前行。

突然，他停了下来，从一堆散落的碎石上探出头来。那人站在曾经定是一扇窗户的地方，将手电筒耀眼的光线射入阴暗的室内。手电筒咔嚓一声灭了。那个人，一个魁梧、强壮的男人，迈着敏捷而机警的步伐走开了。科尔不喜欢这种警觉；它预示着麻烦，它意味着面对危险时有闪电般的反应。

科尔一直等到那个人消失在角落里，才蹑手蹑脚地走到明处。他现在在跑，比一个人走路的速度快得太多了。在他的脑子里，一个计划已经逐渐清晰。他像幽灵一样，沿着下一条街悄悄前行，经过一条长长的街区。他以最快的速度拐过第一个街角，然后腹部贴地，爬进大楼和一大块废墟之间的半边阴影中。面前的街道被一排松散的碎石挡住了，看起来像一座山谷，山谷出口像狭窄的瓶颈。出口恰好就在科尔的下方。

他的耳朵卷毛捕捉到呼啸而来的低频波。声波在他身上跳动着；突然，恐惧用它冰冷的手指，攥住了他的大脑。那人会有枪的。假设那人打出一发核能光束——就一发——在他的肌肉能迅速完成猎杀冲动之前……

一些碎石从旁边纷纷落下。那人就在他的下方了。科尔伸出爪子，对着那件闪闪发光的透明航天服的头部重重一击。有金属撕裂的声音，鲜血喷涌而出。那人弓起腰，好像他身体的一部分被折叠了似的。有一会儿，他的骨头、双腿和肌肉奇迹般地相互配合，使他暂且还站在原地。然后，随着航天服当啷一声，他瘫倒在地。

恐惧感完全消失了，科尔从躲藏处跳出来。他贪婪地以极快的速度，把航天服和里面的尸体都捶了个粉碎。大块大块的金属，成千上万的碎片，喷溅到了地上。里面的骨头噼啪作响，肉嘎吱有声。

调节频率和 id 共振，并且制造剧烈的化学物质分解，使 id 从粉碎的骨头中释放出来，是很容易的。科尔发现，大部分 id 在骨头里。

他感到复原了，几乎是重生。这顿比他过去一年吃的食物还要多。

三分钟，一切都结束了，科尔像逃离可怕的危险一样离开了。他小心翼翼地从反方向靠回那颗闪闪发光的球附近。所有人都在忙于各自的任务。科尔无声地潜行，悄悄地溜到一队人跟前。

莫顿盯着脚下岩石上可怖的碎肉、金属和鲜血，感到喉头发紧，说不出话。他听到肯特说：

“妈的！他就想一个人走走。”小个子化学家的声音听起来有些哽咽。莫顿记得肯特和贾维以他们特有的方式结为好友很多年了。

“最糟糕的是，”一个人颤抖着说，“这看起来像是无意义的谋杀。他的尸体像压扁的果冻一样一块块铺开，但是似乎并没有缺少什么。我敢打赌，如果我们称一下这些碎块，它们应该还是地球重力下的一百七十五磅，也就是这里的一百七十磅。”

史密斯插进来，愁容满面：“杀手袭击了贾维，然后发现他的肉来自外星——不能吃的。就像我们的大猫，并不会吃我们放在他前面的任何东西。”他的声音突然停了，异常的沉默后，他缓缓地说道：“哎呀，会不会是那个怪物做的？他体形巨大，而且强壮，用他自己那些小爪子就能轻易做到。”

莫顿皱着眉头："这只是个猜想。毕竟，他是我们在这里发现的唯一的生物，我们不能因为一点怀疑就处死他。当然——"

"除此之外，"一个人说，"他一直没有离开我的视线。"

莫顿还没开口，心理学家希德尔厉声说道："你确定吗？"

那人犹豫了："也许他有几分钟不在我的视线内，他一直在四周散步，到处看来看去。"

"确实如此，"希德尔满意地说，他转向莫顿，"你看，船长，我也有印象，他一直在四周徘徊。然而，回想起来，我发现有空当，有几分钟——可能是好几分钟——他完全在我们的视线之外。"

莫顿阴沉着脸思考着，肯特激动地插话道："我说，不要冒险，在他造成更多破坏前，杀了这只可疑的畜生。"

莫顿慢慢地说："高田，你之前跟克兰尼斯和凡·霍恩混过很长时间，你认为大猫是统治这个星球的种族的后裔吗？"

这名高大的日本考古学家盯着天空，仿佛在整理他的思路。"莫顿船长，"最终他恭敬地说道，"这其中有个谜团。你们各位，请看一看这雄伟的天际线，以及类似哥特式建筑的轮廓。尽管他们创造了特大都市，但是这里的人们与土壤很亲近。这些建筑不是被草草装饰的，它们本身就具有观赏性。它们就相当于多立克柱、埃及金字塔、哥特式大教堂，拔地而起，诚挚而宏大，蕴含命运气息。如果这个孤独而荒凉的世界能够被称作母星的话，那么它在这个种族心中温暖的精神角落里，便拥有一席之地。

"蜿蜒的街道加强了这种效果，他们的机器证明他们首先是艺术家，然后才是数学家，所以他们没有创造出极其复杂的世界大都会那种充满几何设计的城市。这里有一种真正的艺术的放纵，一种深沉的喜悦之情，写在房屋、建筑和街道那些弧线的、非数学的样式上；一种强烈的感觉，和对内在确定性的神圣信仰。这不是一种颓废苍老的文明，而是一种年轻茁壮、自信满满、目标坚定的文化。

“但是它结束了。这种文化似乎突然在某一刻，打了一场自己的图尔战役[1]，然后像古代的穆罕默德文明一样开始崩溃。或者，它好像一跃而过几个世纪，进入了分裂斗争时期。在中华文明中，这一时期是公元前480年至公元前230年，在其结束之时，秦朝开启了帝制时代[2]。埃及在公元前1780年至公元前1580年间经历了这一阶段，其最后一个世纪是‘喜克索斯王朝’时期——一个无法形容的时期。从公元前338年的喀罗尼亚[3]起，以及最恐怖的，从公元前133年的格拉古兄弟[4]起，一直到公元前31年的亚克兴[5]，古典主义者经历了这个时期；在19世纪至20世纪，欧洲裔美国人被它摧残。而现代历史学家一致认为，名义上我们在五十年前就进入了同一阶段；当然，我们已经解决了这个问题。

“您可能会问，船长，这一切跟您的问题有什么关系？我的回答是：没有任何记录显示，曾有一种文化是突然就进入分裂斗争时期的。它总是一个缓慢的发展过程，第一步是对曾经神圣的一切进行无情的质疑。人们内在的确定性在科学和分析思维的祛魅之下被消解，不复存在。怀疑主义被奉为最高圭臬。

“我要说的是，这种文化在它最繁荣的时期突然结束了。这样一场灾难的社会学影响将是道德的骤然消失，近乎野蛮的犯罪的回归，对理想的毫无兴趣，对死亡的冷漠无情。如果这只……这只大猫是这样一个种族的后代，那么他将是一只狡猾的生物，一个夜间的小偷，一名冷血的杀手，可以为了利益而割断自己兄弟的喉咙。”

---

1. 也叫普瓦提埃之战。公元732年，法兰克王国在普瓦提埃击败阿拉伯人，阻止其向西欧进一步扩张，被认为决定了整个西方文明的命运。
2. 原作如此，与史实不符。
3. 指喀罗尼亚战役，马其顿征服希腊的决定性战役。
4. 指提比略·格拉古和盖约·格拉古两兄弟，他们曾在罗马共和国推行以土地问题为中心的改革运动。
5. 指亚克兴战役。屋大维在此战役中战胜安东尼后，三头政治解体，屋大维建立元首制。

“够了！”肯特尖细的声音响起，“船长，我愿意扮演刽子手的角色。”

史密斯厉声打断：“听着，莫顿，你们还不能杀了那只猫，即使他有罪。他是个生物学宝库。”

肯特和史密斯怒目相视。莫顿若有所思地皱了皱眉，然后说：“高田，我倾向于接受你的理论作为工作基础。但有一个问题：这只大猫来自一个比我们更早的时期吗？也就是说，我们正在进入我们文明的高度发展阶段，而他在其文明最茁壮的时候突然没有历史了。但是他的文明对于这个星球，相比我们的文明对于银河系，是否有可能更晚近一些？”

“没错。他的文明也许处于这个世界的第十个文明的中期；而我们的文明是地球发源的第八个文明的末期，当然，这十个文明中的每一个都是建立在前一个文明的废墟上的。”

“那样的话，大猫根本不会知道，我们能够如此积极地发现他是一个罪犯和杀人犯，其实归功于怀疑论？”

“是的，这对他来说简直就是魔法。”

莫顿冷冷地笑着：“那我想，你如愿了，史密斯。我们会让大猫活下去的；既然已经了解他，如果再有任何死亡发生，那一定是由于我们粗心大意。当然，也有可能，我们是错的。和希德尔一样，我也有一种印象，他总是在附近。但现在——我们不能把可怜的贾维像这样留在这里。我们要把他放进棺材里埋葬。”

“不，我们不埋他！”肯特大喊道，他涨红了脸，“对不起，船长，我不是那个意思。我坚持认为，大猫想从那具尸体上得到些什么。一切看起来很完整，但一定少了点东西。我要把它找出来，让大猫承担谋杀的后果，这样你就可以毫不怀疑地相信这件事。”

深夜，莫顿从书中抬起头，看见肯特从下面实验室的门中走出来。

肯特手里拿着一只又大又扁的碗；他疲惫的目光掠过莫顿，用一种疲倦而又刺耳的声音说：“现在看着！”

他朝科尔走去，科尔四肢伸展地躺在大地毯上，假装睡着了。

莫顿阻止了他。“等等，肯特。任何时候，我都不会过问你的行为，但你看起来不舒服，你太焦虑了。你手里是什么？”

肯特转过身来，莫顿发现他的第一印象不过是对真相的短暂一瞥。这名小个子化学家灰色的眼睛下面，有一圈黑色的眼袋——他像苦行僧一般的脸，双颊凹陷，眼神狂热地凝视着莫顿。

“我找到了丢失的元素，”肯特说，“是磷。贾维的骨头里连一平方毫米的磷都没剩下。每一点磷，都被我不知道的超级化学方法吸干了。有很多方法可以从人体中提取磷。比如，一个快速的方法，就是帮助建造这艘飞船的工人身上发生的那样。记得吧，他掉进了十五吨熔融金属中——至少十五吨，他的家属说的——直到分析发现金属中含有很高比例的磷，公司才不得不支付赔偿金。”

“那碗食物是什么样的？”有人插话。大家正在收拾杂志和书，纷纷兴致勃勃地抬头看。

“里面有有机磷。他会闻到气味，或是其他什么他用来代替气味的东西——”

“我想他能感受到物体的振动，”古雷懒洋洋地插嘴道，“有时候，当他扭动那些卷毛时，我能在无线电设备里听到明显的静电干扰。但随后，又没有任何反应了。就好像他在波幅的高点和低点之间移动。他似乎可以随意控制振动。”

肯特显然很不耐烦，等到古雷说完最后一句，他突然接话：“好吧，那么，当他感受到磷的振动，并像动物一样对它做出反应，那么——好，我们可以确定这个反应所证明的罪行了。我能直接过去吗，莫顿？”

“你的计划有三个问题，”莫顿说，“第一，你似乎以为他仅仅是一只动物；第二，你似乎忘了他捕食贾维之后可能不饿了；第三，你似乎认为他不会对我们产生疑心。不过，把碗放下吧。他的反应也许能告诉我们一些事情。”

当肯特把碗放在科尔面前时，科尔的黑眼睛一眨不眨地盯着他。他耳朵的卷毛立刻捕捉到了碗里的东西发出的 id 振动——他甚至没有多看一眼。

他认出这两条腿的生物就是那天早上拿着武器的那个。危险！随着一声咆哮，他踮起脚尖。他用一根环状触手末端的手指状附器抓住碗，然后把里面的东西全倒在了肯特的脸上。肯特大叫一声，退闪开来。

科尔狂暴地把碗摔到一旁，啪地抽出一根钢缆般粗的触手，卷住了肯特的腰，肯特嘴里正在咒骂。他没有碰挂在肯特腰带上的枪。他感觉到它不过是一把振动枪，原子能的，但不是原子粉碎机。他把不断踢打的肯特甩到最近的沙发上，口中发出不安的嘶嘶声，因为他意识到，本应该解除这个人的武装的。

这并不是说枪很危险，而是当这人用一只手狠狠地擦去脸上的燕麦粥时，正用另一只手去拿他的武器。枪慢慢地举起来，科尔蜷伏身体，一束白色的火焰射向他巨大的头颅。

他的耳朵卷毛嗡嗡作响，抵消了振动枪的影响。当他看到这人伸手去拿金属枪的动作时，他眯起了一双又圆又黑的眼睛。莫顿的声音突然在寂静中响起。

“住手！”

肯特咔嗒一声放下武器；科尔蹲下来，被这个逼得他显露力量的人气得发抖。

“肯特，”莫顿冷冷地说，“你不是那种会失去理智的人。你明知我们大多数人都赞成让他活着，却故意要杀了他。你知道我们的规则是什么：如果有人反对我的决定，他必须在当时就说出来。如果多数人反对，我的决定就被否决了。在这件事上，除了你没有人反对，因此，你擅自处置大猫的行为是最应受谴责的，并且，自动取消你一年的投票权。”

肯特冷酷地盯着周围的人。“当高田说我们的时代是一个高度文明的时代，他是对的。这个时代正从高处走向下坡，”他的声音充满激情，“天啊！这里难道没有一个人能看清这个局面的可怕之处吗？贾维几个小时前才死去，而这个我们都知道有罪的怪物，自由地躺在那里，计划着他下一次的谋杀；受害者就在这间屋子里。我们是群什么样的人？我们是傻瓜、愤世嫉俗者、食尸鬼？还是因为我们的文明如此理性昌明，以至于我们能够以同情心看待一个杀人犯？”

他冷冰冰地盯着科尔。“你说得对，莫顿，他不是动物。他是一个恶魔，来自这颗被遗忘的星球最深层的地狱，而这颗星球孤独地绕着一颗垂死的太阳旋转。”

“别对我们夸大其词，”莫顿说，“就我而言，你的分析是完全错误的。我们不是食尸鬼，也不是愤世嫉俗者；我们只是科学家，而这只大猫将被研究。如今我们也质疑他，我们不相信他有能力挟持我们中的任何一个。以一敌百是没有概率赢的。”他环顾四周，“我的观点能代表大家吗？”

“不包括我，船长！”说话的是史密斯，当莫顿惊讶地盯着他时，他继续说，“在刺激和短暂的混乱中，似乎没有人注意到肯特发射振动枪时，光束正好击中了他的猫头——但并没有伤到他。”

莫顿惊讶的一瞥从史密斯转到科尔，又回到了史密斯身上。“你确定枪打中他了？正如你所说，这一切发生得太快了——看到大猫没有受伤，我简单地认为肯特没打中他。”

“肯特打中了他的脸，”史密斯肯定地说，“当然，振动枪甚至不能立刻杀死一个人——但可以击伤他。不过，大猫没有受伤的迹象，连毛发都没有被烧焦。”

“也许他的皮肤能很好地隔绝各种热量。”

“也许吧。但鉴于我们并不确定，我认为我们应该把他关在笼子里。”

莫顿皱着眉头沉思，肯特大声说：

“现在你说话有点道理了，史密斯。”

莫顿问道：“肯特，如果我们把他关在笼子里，你会同意吗？”

肯特想了想，终于说：“是的。如果四英寸厚的微晶钢都不能控制住他，我们还不如把飞船给他。”

科尔跟着这些人走到走廊里。莫顿清楚无误地示意，让他进入一扇他迄今从未见过的门，他温顺地小跑过去。他发现自己在一个方形的、坚固的金属房间里。他身后的门发出金属的哐当声，电锁咔嚓一声锁上了，同时他感觉到了能量的流动。

意识到这是一个陷阱，他张开嘴唇，露出憎恨的表情，但他没有做出更多的反应。他突然发现，他已经从一只低级、原始状态的生物进步了很多，仅仅在几个小时前，他在电梯轿厢里还害怕得不知所措。现在，他脑子里关于力量的千百种记忆再次觉醒；多年弃之不用的万般诡计再次成为他身心的一部分。

好一会儿，他一动不动地坐着，身体倚在粗短而结实的臀部上，身子向前伸长，用耳朵卷毛检查着周围的环境。最后，他躺了下来，眼睛里充满了鄙视的火光。这帮傻瓜！可怜的傻瓜！

大约一个小时后，他听到有人——史密斯——在他头顶上方笨手笨脚地摸索。一瞬间，有一阵振动涌来，他大吃一惊，吓得跳了起来，然后意识到：那只是振动，并非原子能爆炸。有人在拍他身体内部构造的照片。

他再次卧下，但耳朵的卷毛仍在颤动，他轻蔑地想：这愚蠢的傻瓜在冲洗那些照片时会很惊讶。

过了一会儿，这人走了。有很长一段时间，远处不时传来人们忙碌的嘈杂声。最后，这声音也渐渐消失了。

当科尔感到整条飞船都逐渐安静了下来时，他躺下开始等待。很久以前，在不朽的黎明到来之前，科尔们也曾在晚上入睡；前一天，当他看到一些人打瞌睡时，对睡眠的记忆又被激活了；最后，他的耳朵卷毛上跳动的人为频率，只剩下两双脚的振动了，它们走来走去，不眠不休。

他紧张地听着两名看守人的动静。第一个人慢慢走过笼门。然后，在他身后大约三十英尺，第二个人跟上。科尔感受得到这些人的警觉；他知道当他们分开走的时候，他哪一个也偷袭不成。这意味着——他必须加倍小心！

十五分钟后，他们又来了。当他们走过门的那一刻，他把自己的感官从他们的振动频率，调到了一个高得多的水平。原子发动机剧烈地振动，仿佛在向他结结巴巴地讲述着自己的小故事。发电机哼出低沉的纯核电之音。他能感觉到那股电流的沙沙声，穿过牢房墙里的电线，穿过门上的电锁。他强迫自己颤抖的身体绷紧不动，他的感官在寻找、搜索，准备接收那嘶嘶作响的能量风暴。突然，他耳朵卷毛的颤动协调一致——他捕捉到了这猛烈的变化：电磁波汹涌而来，喧嚣刺耳。

金属相碰，传出尖锐的一声咔嗒响。科尔用触手轻轻一推，打开门，溜进了昏暗的走廊。有一会儿，他心中感到很轻蔑，脸上扬起优越的神情，因为他想到了那些愚蠢的生物，竟然胆敢用自己的智力来对抗一个科尔。在那一刻，他突然回忆起其他的科尔。一种奇怪的、欣喜若狂的种族意识涌遍全身；科尔们相互残酷斗争了几个世纪，其间的强烈仇恨，如今堪堪败给了与宇宙未来统治者同属一族的骄傲。

突然间，他又忧心忡忡，担忧自己的局限、孤独，以及对其他同类的需求——他需要以一敌百，孤注一掷；星光璀璨的宇宙本身也在召唤着他贪婪而悸动的野心。如果他失败了，就再也没有第二次机会了——没有时间去修复早已锈蚀的机器，并试图解开太空旅行的秘密了。

他绷紧双爪，蹑足前行——穿过客厅，走进下一个走廊——来到第一间卧室的门前。门半开着。科尔迅速甩出一根触手，肌肉的配合快速而流畅，一把扼住熟睡之人毫无戒备的喉咙，用力捏紧；那人失去生命的头颅疯狂地转动，身体痉挛了几下。

七间卧室；七具死尸。正是杀死第七个人的滋味，让科尔的欲望突然觉醒。这是纯粹的、不受限制的杀戮欲望，是毁灭一切含有宝贵 id 的生物的习惯。这种千年之久的古老习惯又回到了他身上。

当第十二个人抽搐着滑向死亡时，一阵脚步声令科尔瞬间从杀人的感官愉悦中清醒过来。

他们不在附近。这一想法，带来一浪又一浪的恐惧，突然把他的大脑搅得一片混乱。

看守人正沿着走廊慢慢地走近囚禁他的笼子。只需片刻，走在最前面的人就会看到开着的笼门——然后发出警报。

科尔聚拢他残存的理智。他以疯狂的速度沿着走廊飞跑，穿过客厅，已经无暇顾及发出的声音。他钻入下一条走廊，畏畏缩缩，十分担心会有核能束直射他的脸。

那两个人并肩站在一起。有那么一瞬间，科尔简直不敢相信自己绝佳的运气。当一个人在开着的门前停下时，第二个人像傻瓜一样跑过来。他们抬头一看，看到的是爪子、触手、凶猛的猫头和充满仇恨的眼睛，就像一场噩梦，他们吓得瘫软在地。

第一个人去拿他的枪，但第二个人在看到这末日般的景象时，身体已经完全动弹不得，只发出一声大叫；这恐怖的尖叫声在走廊里飘荡——随后伴着一阵怪异的汩汩声终结。科尔以不可抗拒的力量，把两具尸体扔到了走廊的另一端。他不想让人们在笼子附近发现尸体。那样他会多出一线希望。

他意识到自己犯了一个可怕的错误，每一根神经、每一块肌肉都在颤抖，无法连贯地思考，于是他跳进了笼子里。门在他身后轻轻地关上了。电流再次通过电锁。

他紧张地蹲下，假装睡着了，因为他听到许多人的脚步声，捕捉到他们激动的声音的振动。他知道有人启动了笼子的声波显示器，在仔细检查。再过一会儿，其他的尸体就会被发现。

“希德尔死了！”莫顿麻木地说，“没有希德尔我们怎么办？还有布莱肯里奇！还有库尔特！还有——太可怕了！”

他用手捂住脸，但只是一瞬间。他严肃地抬起头来，凝视着周围船员们的脸，宽厚的下巴向外突出：“如果有人有什么想法，说出来。”

“太空疯狂症！”

“我也想过。但是五十年来，没有一个宇航员发疯的病例。当然，埃格特医生会给每个人做检查，现在他正在检查尸体，仍不排除这种可能性。”

他话音刚落，就看见医生走进门来。船员们向两旁挤，给他让出一条路。

“我听到你说的话了，船长，”埃格特医生说，“我想我现在可以说，太空疯狂症理论已经出局了。这些人的喉咙都被挤得像果冻一样。如果不使用机器，任何人类都不可能施加如此巨大的力量。”

莫顿看到医生的眼睛一直往走廊里看，他摇摇头，叹了口气。

“怀疑大猫是没有用的，医生。他在笼子里，踱来踱去。很明显他听到了我们的声音以及——活着的人！你不能怀疑他。这个笼子确确实实可以关住任何东西——用四英寸厚的微晶钢制成的——而且门上没有爪痕。肯特，即使是你也不会说，‘涉嫌谋杀，就处死他’，因为他没有任何可疑之处，除非存在新的科技，超越我们的所有想象——”

“恰恰相反，”史密斯断然说，“我们有我们需要的一切证据。我用电萤石光照向他——你知道，我们装在笼子顶上的——试着拍摄照片。拍出来的都是一片模糊。当电萤光一亮，大猫就跳起来，好像他感觉到了振动。

“你们都知道古雷之前说过什么吧？这个畜生显然可以接收和发送所有波长的振动。他控制肯特的枪击的方式，是他具备干扰能量的特殊能力的最好证明。”

“我们到底他妈的惹到了什么鬼东西？”一个人抱怨道，“哎，如果他能控制这种力量，并用任意的振动形式发送出来，就没有什么能阻止他把我们全都杀死了。”

“这证明了，”莫顿厉声说道，“他不是不可战胜的，否则他早就已经这样做了。”

他小心翼翼地走到控制牢笼的机械装置那里。

“你不要开门！”肯特喘着气，伸手去拿他的枪。

“我不会的，但是如果我拉这个开关，电流就会通过地板，电死里面的任何东西。我们以前从来没有用过这个，所以你可能忘了它。”

他猛地一拉开关。蓝色的火苗从金属里蹿出来，他头顶上的一堆保险丝砰的一声爆炸了。

莫顿皱着眉头："奇怪了。那些保险丝不应该烧断的！好吧，我们现在甚至没法看看里面。声波显示器也毁了。"

史密斯说："如果他能干扰电锁，能打开门，那么他或许能探测到所有潜在的危险，并准备好在你拉下开关时进行干扰。"

"至少，这证明他容易受到能量的攻击！"莫顿冷冷地笑了，"因为他尽可能使之不伤害自己。重要的是，我们把他关在四英寸厚的最坚硬的金属笼子里，即使是最坏的情况，我们也可以打开门把他射杀。但首先，我想我们可以试着使用电萤石电缆——"

笼内的一阵骚动打断了他的话。一具沉重的身体撞在墙上，接着是一声闷响。

"他知道我们想做什么！"史密斯对莫顿咕哝道，"我敢打赌那里头是一只病猫。他可真蠢，竟然自己走回笼子里。而且他绝对意识到了！"

紧张的气氛正在舒缓。男人们都在不安地微笑，甚至在史密斯描述这头怪物的窘迫场面时，发出一阵并不幽默的笑声。

"我想知道的是，"工程师彭纳斯说，"就是，为什么当大猫发出那样的声音时，电萤石表盘会剧烈地转动和摇摆呢？就在我眼皮底下，表盘跳得像房子失火了！"

笼子内外陷入一片寂静。然后莫顿说："这可能意味着他要出来了。退后，所有人，枪支准备。大猫以为他能打败一百个人，真是愚蠢，但他目前是银河系中最可怕的生物。他可以从门里走出来，而不是像老鼠一样死在陷阱里。他非常顽强，足以把我们中的一些人带走——如果我们不小心的话。"

人们绷直身体，慢慢地后退。有人说："有意思，我好像听到电梯声了。”

“电梯！”莫顿重复道，“你确定吗，伙计？”

“我确定，就一瞬间！”那名船员犹豫了一下，“我们刚刚都在挪动步子。”

“你带个人去看看。把胆敢逃跑的人带回来——”

突然传来刺耳的巨响，伴随可怕的撞击，他们脚下整个庞大的船体正在倾斜。莫顿被狠狠地摔在地上，几乎晕过去。他挣扎着恢复知觉，意识到其他人躺在他的周围。他喊道：“是谁他妈的打开了这些引擎？”

痛苦的加速仍在继续。莫顿笨手笨脚地拖着腿，摸索着最近的声波显示器，重重按下引擎室的号码。屏幕上的画面使他不自觉地发出一声低吼：

“大猫！他在引擎室里，我们正在直接进入太空。”

当他还在说话时，屏幕变黑了，他再也看不见了。

莫顿第一个摇摇晃晃地穿过大厅，来到存放航天服的供应室。几乎摸黑找到自己的航天服之后，他总算隔绝了折磨人的加速效果，并把航天服拿给其他躺在地板上、仍然半昏迷的船员。过了一会儿，其他人开始协助他；然后就在几分钟之内，大家都穿上了金属航天服，并开启了反加速推动器，让它半功率运行。

又是莫顿，率先往笼子里看了一眼，然后他打开门，站在那里，一声不吭，其他船员都围着他。他盯着后面墙上的那个大洞。那是一个很可怕的洞，边缘参差不齐，金属被严重扭曲，它通向另一条走廊。

“我发誓，”彭纳斯低声说，“这是不可能的。连机械车间里那把十吨重的锤子，也难以一下子在四英寸厚的微晶钢上砸出一个凹痕——而我们只听到一声动静。原子粉碎机至少需要一分钟，才能砸出这个洞。莫顿，这是个超级生物。”

莫顿看到史密斯正在检查墙上的裂缝。这名生物学家抬起头来说：“要是布莱肯里奇没死就好了！我们需要一个冶金学家来解释这一切。看这个！”

他摸了摸金属破碎的边缘。一块残片在他的指尖碎裂，然后变成粉尘如一阵细雨般飘落到地板上。莫顿这才注意到地上有一小堆金属碎片和粉尘。

“你说对了，”莫顿点点头，“这并不是力量的奇迹。这个怪物只是用他的特殊力量打破了电子之间的张力，这个张力本来将金属固定在一起。这也可以解释彭纳斯注意到的，电萤石电缆中能量的异常消耗。这东西用他的身体作为媒介来传输能量，击碎墙壁，沿着走廊跑进电梯井，然后一直向下到了引擎室。”

“与此同时，船长，”肯特平静地说，“我们面对的是一只超级生物，他支配着这艘飞船，完全控制着引擎室及其几乎无限的动力，并且占领着机械车间最重要的部分。”

莫顿感觉到大家的安静，众人正在沉思着化学家的话。焦虑仿佛是一种有形的东西，重重地压在他们的脸上；每一张脸的表情都写着，他们越发明白了，自己正面临一生中最极端的处境；他们的生命岌岌可危，风险难以估计。莫顿说出了每个人心中的想法：

“好吧，看来他赢了。他是极度残忍的，并且他可能认为银河系的力量唾手可得。”

“肯特错了，”首席领航员吼道，“这东西并不能主宰引擎室。我们还有控制室，这让我们拥有每个机器的优先控制权。你们也许不熟悉我们的机械装置，但是，尽管他最终能切断我们的联系，而我们现在就可以关闭引擎室里所有的开关。船长，你为什么让我们穿上航天服，而不是干脆关掉电源？你本来至少可以调整下飞船的加速度。”

“有两个原因，”莫顿回答，“第一，我们在航天服的力场中更安全。第二，我们不可以在恐慌中行动而丢掉我们的优势。”

“优势！我们还有什么优势？”

“我们了解他的情况，”莫顿回答说，“现在，我们要做一次试验。彭纳斯，派五个人到引擎室的四条通道上。用原子粉碎机炸开那些大门。我注意到门全部锁上了。他把自己关在了里面。

“赛林斯基，你去控制室，除了驱动引擎，关闭其他所有设备，把它们连接到总开关上，然后一次性全部关掉。不过，有一件事——要让加速器保持全速运转。绝对不能对飞船使用反加速度。明白吗？”

“是，长官！”这名飞行员敬礼道。

“如果有任何一台机器又开始运转，就通过通信器向我报告，”莫顿面对着大家说，“我带人去主通道。肯特，你去二号；史密斯，三号；彭纳斯，四号。我们现在就去弄清楚，我们是在对付不受限制的科学，还是与我们这些人一样有局限性的生物。我赌第二种可能性。”

通向引擎室的主走廊里，莫顿有一种走不到头的空虚感。他往前走的样子，就像一个穿着透明航天服的巨人，沿着闪闪发光的金属管道前行。理智告诉他，这怪物已经露出了致命的破绽，但他仍然觉得，门里面是一个永恒的不可战胜的存在。

他对着通信器说：“偷偷接近他是没用的。他几乎连一根针落地的声音都听得到。所以你的小队只管向前推进。他在引擎室待的时间不长，还做不了什么事。

“正如我所说，这主要是一次试探性的攻击。首先，在他准备好对抗我们之前，如果我们不努力趁现在击败他，我们将永远无法原谅自己。但是，如果我们没能一举将他粉碎，我还有另一个主意。

“这个想法是这样的：这些门是用来抵御意外的核爆炸的，原子粉碎机要花十五分钟才能把门砸开。在这期间，那怪物是没有电力的。是的，驱动引擎会被打开，但那将是直接的核爆炸。我的看法是，他无法影响那种东西。过几分钟你们就会明白我的意思了——我希望。”

他的声音突然变得干脆：“准备好了吗，赛林斯基？”

“是的，准备好了。”

“那么切断总开关。”

走廊——整艘飞船，莫顿知道——瞬间陷入了黑暗。莫顿按开了他航天服上耀眼的小灯，其他队员也打开了灯。他们的脸色苍白又疲惫。

“炸！”莫顿对着他的通信器大喊。

一些可移动的组件开始震颤，然后纯粹的核子火焰呼啸而出，喷涌到坚硬的金属门上。第一滴金属勉强滚出来，并非往下滴，而是往上浮。第二滴比较正常。它先是摇摇欲坠，然后滴落。第三滴侧滚而出——这是由于纯核爆的冲击力，不是受引力的影响。其他的金属液滴接踵而至，汇成十几条火流，参差不齐、平静而缓慢地流向各个方向。这是地狱般的、闪闪发光的火流，明亮得像仙境的宝石。火光仿佛有生命，携带着原子们的怒气——它们突然被拷打，盲目地奔逃，痛苦得发狂。

时间一分一秒地流逝，缓慢得像酸液的腐蚀。最后，莫顿嘶哑地问：

“赛林斯基？”

"还没反应，船长。"

莫顿低声说："但他一定在做什么。他不可能像只走投无路的老鼠一样在那里等着。赛林斯基？"

"没有动静，船长。"

七分钟，八分钟，然后十二分钟过去了。

"船长！"是赛林斯基的声音，他很紧张，"他开动了发电机。"

莫顿深吸了一口气，听到一个手下说：

"奇怪，我们没法再深入了。老大，看看这个。"

莫顿看了看。那些闪闪发光的火流已经冻结了。面对突然变得坚不可摧的金属，原子粉碎机的凶猛火力也是徒劳的。

莫顿叹了口气。"我们的试验结束了。留两个人看守每条通道。其他人到控制室。"

几分钟后，莫顿坐在巨大的控制台前。"就我而言，这次试验是成功的。我们知道了在引擎室所有的机器中，对这怪物来说最重要的是发电机。我们在门口的时候，他一定在里面恐惧万分地操作。"

"当然，很容易看出他做了什么，"彭纳斯说，"一旦他有了能量，他就把门的电子张力提高到了极限。"

"重要的是，"史密斯插嘴说，"他的特殊力量所能控制的仅限于振动，而且能量必须来自外部。如果不是振动的形式，对于纯核能，他的处理方式跟我们没有任何不同。"

肯特不快地说："在我看来，最主要的问题是他让我们手忙脚乱。知道他能控制振动有什么用？如果我们不能用原子粉碎机冲破这些大门，我们就完了。"

莫顿摇了摇头："还没完——但我们得做些计划。不过，首先，我要启动这些引擎。引擎在运转时，他就不那么容易控制它们。"

他猛地把总开关扳回原位。几十台机器在一百英尺以下的引擎室里突然活跃起来，发出隆隆的响声。这些噪声逐渐减弱，随着有节奏输送的电力，变成一种稳定的振动。

三个小时后，人们聚集在大厅里，莫顿在他们面前踱来踱去。他的黑发乱糟糟的；坚毅的脸庞显出久留太空的苍白，反而衬托了他凸下巴的侵略性。他说话时，低沉的声音变得清晰甚至尖锐：

“为了确保我们的计划完全协调一致，我将请每一位专家轮流发言，概述他在制伏这个怪物的过程中的任务。首先是彭纳斯！”

彭纳斯麻利地站起来。他不是大个子，莫顿觉得，但他看起来很高大，也许是因为他那威严的气度。这个人懂引擎，还有引擎的历史。莫顿曾听过他讲述一台机器从一个简单的玩具，发展到高度复杂的现代仪器的演变过程。他在上百个行星上研究过机器的发展史；他对机械的原理绝对是无所不知。彭纳斯是一个可以滔滔不绝地讲一千个小时，才刚刚稍微触及主题的人。这会儿他的发言倒是出奇地简明扼要：

“我们在控制室设置了一个继电器，有节奏地启动和停止每台发动机。脱扣杆每秒工作一百次，其效果是产生各种各样的振动。有一种可能性，就是到时会有一台或多台机器爆炸。这和士兵们以同样的步调过桥，引起共振，导致桥梁断了的原理一样——毫无疑问，你们听过那个古老的故事——但在我看来，这种坚硬的金属不可能真正地断裂。主要目的只是反向干扰这个怪物对我们的干扰，然后砸开大门。”

“下一个，古雷！”莫顿厉声说。

古雷懒洋洋地爬起来。他看上去很困，好像对整个过程感到有点厌烦，然而莫顿知道他喜欢别人认为他懒惰，把他看成一个无所事事的懒人，白天睡懒觉，晚上打盹儿。他的头衔是通信总工程师，但他的知识渊博，覆盖到了每个与振动有关的领域；除了肯特，他可能是船上思维最敏捷的人。他说话慢声细语，饱含审慎的自信，莫顿注意到，这对大家有一种抚慰的作用——他们焦虑的神色都松弛了，身体更加放松地向后仰着。

“一进门，”古雷说，“我们就马上搭起纯核能的振动屏障，这几乎可以阻挡他所有的撒手锏。屏障遵循反射的原理运作，这样不管他发射什么，都会反弹回去。而且，我们还有很充足的备用电能，将直接从移动式铜盘发动机传导给他。他的绝缘神经对能量的承受能力一定是有限度的。”

“赛林斯基！”莫顿叫道。

这名首席飞行员已经起立了，仿佛他早已料到了莫顿的召唤。莫顿心想，他就是这样的人，他的神经稳如磐石，这是对一艘大型飞船的主舵手的首要要求；同时，这种稳定又好像安装在炸药桶上，因主人的意志，随时可以起爆。他不是一个以学问见长的人，但他对刺激的“反应”如此之快，以至于似乎万事都在他的预料之中。

“我对这个计划的印象是，它必须是循序渐进的。就在这怪物认为自己再也受不了的时候，正好出现另一件事给他增加麻烦和困惑。当他的烦躁达到顶点时，我会打开反加速器。船长和冈利·莱斯特都认为这种生物对反加速器一无所知。它是由星际航行科技发展而来，纯粹而简单，并且不可能以任何其他方式达成。我们认为，当这怪物第一次感受到反加速器的效果时——你们都记得第一个月的压迫感吧——它会手足无措。”

“下一个，高田。”

“我只能给你们我的鼓励，”这名考古学家说，“按我的理论——这怪物具有任何文明早期的罪犯的所有特征，虽然因明显的返祖现象而难以识别。史密斯之前已提出这个看法，他的科学知识令人费解，这只可能意味着，我们正在对付的，是我们参观的那座死城的真正的居民，而不是居民的后代。这将证明我们的敌人实际上是永生的，可能是因为他具有同时呼吸氧气和氯气的能力——或两者都不需要——但即使这样也没什么不同。他来自他的文明的某个特定时代；而他已经严重退化，以至于他的想法大多是关于那个时代的回忆。

“尽管他的身体力量强大，但第一天早上他在电梯里就失去了理智，直到他想起来。他令自己陷入尴尬的境地，被迫显露出操控振动的特殊力量。几个小时前，他搞砸了这起大规模谋杀。事实上，他所有的行迹表明，他原始的头脑并不精明，他以自我为中心，对所面对的庞大组织几乎没有概念。

“他就像一个古代日耳曼士兵，以为自己比上了年纪的罗马学者高出一筹，但后者是当时日耳曼人所敬畏的强大文明的一部分。

“你可能认为，日耳曼人后来对罗马的洗劫推翻了我的论点；然而，现代历史学家一致认为，‘罗马之劫’是一个历史的偶然，而不是真正意义上的历史。‘海上民族’从公元前 1400 年起攻击埃及文明，他们的行动只在克里特岛区域取得了成功；他们在维京舰队的陪同下，对利比亚和腓尼基海岸进行的大型远征则失败了，就像匈奴人对中原帝国的进攻失败那样。罗马无论如何都会被放弃。古老而辉煌的萨马拉到了 10 世纪就变得荒凉了；公元 635 年前后，当中国旅行家唐玄奘造访阿育王的伟大都城巴塔利普特拉时，它只剩一片巨大的、荒无人烟的废墟。

“总而言之，我们遇到的，是一个原始生物，他现在在遥远的太空中，完全脱离了他的自然栖息地。我说，我们进去，然后战胜他吧。”

高田说完后，一个人抱怨道：“你可以说‘罗马之劫’是一次历史偶然，这家伙是一个原始生物，但事实就是事实。在我看来应该是，罗马要再次灭亡了；而且，从它的所作所为来看，它可并不那么原始。这家伙很有一手。”

莫顿朝这名队员冷冷地笑了笑：“咱们走着瞧——马上就知道了！”

在这巨型机械车间的耀眼光辉中，科尔忙得不可开交。一艘四十英尺长，雪茄形状的宇宙飞船就快完工了。他使劲咕噜了一声，完成了艰巨的驱动引擎安装工作，然后停下来检查他的作品。

通过外墙上的一个孔可以看到飞船的内部，小得可怜。实际上，里面除了引擎和留给他自己的狭小空间，毫无余地。

当科尔听到人们靠近的声音，以及引擎突然发出的雷暴般的轰鸣，他立刻继续发狂似的工作——门外先传来低沉而平稳的震响，继而是一种有节奏的断断续续的嗡嗡声，声调尖厉，比先前更加刺耳，更加让人心烦意乱。突然间，原子粉碎机再一次出现在巨大的外门前。

他把他们打跑了，但对自己要做的任务没有丝毫犹豫。当他扛着一大堆工具、机械和仪器，把它们扔进临时搭建的船底时，他强壮的身体上每一块肌肉都绷紧了。没有时间把这一切都安排妥帖了，什么都没时间了——没时间了——没时间了。

这个念头敲打着他的理智。在他漫长而充满活力的生命中，他第一次奇怪地感到疲惫不堪。最后他奋力一抛，把那块巨大的金属板猛地塞进了飞船的空隙里，并足足站了一分钟，小心翼翼地调整它的平衡。

他知道门要被砸开了。六七台原子粉碎机正对准门上同一点，缓慢但是不可抗拒地，一点点穿透剩下的几英寸。他喘息了一声，把思绪从门上挪开，每一分心思都集中在一码厚的外墙上，他的飞船圆鼓鼓的船头正对着那堵墙。

一股汹涌的能量通过他的耳朵卷毛，从发电机流到坚固的墙里，令他的身体有些畏缩。他觉得五内如焚，他知道身体已经快到负荷极限了，这是很危险的。

他仍然站在那里，痛苦地颤抖着，用触手牢牢地拉住尚未固定的金属板。他那颗硕大的脑袋仿佛被可怕的魔力控制，朝向那堵极其坚固的墙。

他听到引擎室的一扇门向内倒下了。人们叫喊着；原子粉碎机向前推进着，他们的狂怒已经失控了。当核能光束将所及的一切都撕成碎片，科尔听到引擎室的地板嘶嘶作响，仿佛在发出抗议。粉碎机越来越近了；人们谨慎的脚步声紧随其后。不一会儿，他们就会来到引擎室和机械车间之间那扇薄薄的门前。

突然，科尔感到心满意足。他发出一声愤怒的咆哮，狂野的双眼射出仇恨的目光，然后他低头钻进了他的小飞船，拉下金属板，就像关闭一扇舱口盖一样。

在他将周围金属的边缘软化时，他耳朵上的卷毛嗡嗡作响。刹那间，那块金属板已经完全焊好了——没有缝隙，无需铆钉，它是他飞船的一部分。除了一前一后两个透明的区域，整艘飞船是一个坚固、不透明的金属体。

他的触手以近乎着迷的柔情拥抱着动力引擎。这脆弱的机器向前发出一阵冲击波，正对着机械车间的坚固外墙。这艘四十英尺长的飞船，船头只碰了一下，车间外墙就化为一阵闪闪发光的粉尘四散了。

科尔感觉到了明显的减速作用。飞船已进入冰冷的太空，他一脚踢在飞船船头，顺势转了一圈，朝着人类的飞船此前飞来的方向驶去。

穿着航天服的人们，站在庞大的球体下端那个边缘呈锯齿状的洞里。渐渐地，人和飞船都变小了。然后那些人都看不见了，只剩那艘飞船，上面有千百个已模糊不清的舷窗，透出光亮。最后，那个球体也变得难以置信的小，太小了，已经看不出单个的舷窗了。

科尔看到，几乎就在正前方，有一颗很小、很暗、微红的球。他意识到，这是他自己的太阳。他全速朝它驶去。那里有洞穴，他可以藏起来，并与其他科尔秘密建造一艘太空飞船，通过它可以安全到达其他星球——现在他知道怎么制造飞船了。

他的身体因为加速而感到极度疼痛，但他一刻也不敢松懈。带着半分恐惧，他回过头匆匆一瞥。那个球体仍在那里，在太空无边的黑暗中，它是一个小小的光点。突然，它闪了一下，然后不见了。

有一小会儿，他有一种空虚的、恐惧的印象：就在它消失之前，它动了一下。但他什么也看不见。他无法摆脱这个想法，他觉得他们把所有的灯都熄灭了，然后在黑暗中悄悄地溜到了他身边。他忧心忡忡，不确定地透过正面的透明板看着。

他吓得浑身发抖。他正前方的暗红色太阳并没有变大。它突然开始变小，在接下来的五分钟里，它明显变小了，变成了天空中一个淡红色的圆点——然后像飞船一样消失了。

恐惧随之而来，如一股炫目的狂潮席卷了他的全身，这种一无所知的感觉让他不寒而栗。有几分钟，他疯狂地盯着前方的宇宙，想要寻找一些地标。但天鹅绒般的夜空浩瀚而深邃，仅有几颗遥远的星星，暗淡地亮着。

等等！其中一个点越来越大。科尔的每一块肌肉、每一条神经都紧张起来，他看着这个点变成一个圆，一个浅红色的圆球。越来越大，越来越大。突然，红光一闪，变成了白色。那儿，在他面前，是太空飞船的庞大球体，正是那艘几分钟前在他身后消失了的飞船，每个舷窗都散发着刺眼的灯光。

在那一刻，科尔的身上起了些变化。他的大脑像飞轮一样旋转，越来越快，越来越不连贯。突然，这个轮子裂成了百万个痛苦的碎片。他像一头发疯的野兽，在他狭小的飞船里勃然大怒，他的眼珠子几乎从眼窝里瞪出来。

他的触手伸向那些宝贵的设备，失去理智地将它们四处乱扔；他的爪子愤怒地砸向飞船的内壁。最后，在短暂的清醒中，他意识到自己无法招架原子粉碎机不可抵抗的火力。

制造一次剧烈的解体，释放掉他重要器官里的每一滴 id，是一件很简单的事情。

他们发现他躺在一小摊磷里，死了。

“可怜的大猫，”莫顿说，“不知道当他看见自己的太阳消失之后，我们出现在他面前，他是怎么想的。因为对反加速器一无所知，他不知道我们可以在太空中瞬间停下来，而他却要花三个多小时来减速，与此同时，他会离他想去的地方越来越远。他也不知道，通过骤停，我们以每秒数百万英里的速度从他身边闪过。当然，他一离开我们的船就没有机会了。整个世界在他看起来一定是乱七八糟的。”

“别同情他，”他听到肯特在背后说，“我们有了一份新工作——在那个悲惨世界里，杀死每一只大猫。”

高田轻声低语：“那应该很简单。他们不过是些原始生物，我们只要坐下来，他们就会狡猾地走过来，想欺骗我们。”

史密斯厉声说：“你们这些家伙让我恶心！大猫是我们遇到过的最难缠的狠角色。他拥有打败我们所需要的一切——”

莫顿微笑着，而高田无动于衷地打断了他的话：“没错，我亲爱的史密斯，除了一点：他是根据他种族的生物冲动做出反应的。当我们准确无误地分析出，他是来自其文明的某个时代的一个罪犯时，他的失败就已经注定了。

“是历史，尊敬的史密斯先生，是我们对历史的了解打败了他。”这名日本考古学家说，又恢复了日本民族那古老的谦恭态度。

（唐伊豆　译）

群星涌现

到 1939 年，构成后来被大家称为科幻小说“黄金时代”的诸多要素渐趋齐备。大批科幻作者济济一堂，包括德·坎普、德尔·雷伊、埃里克·弗兰克·拉塞尔[1]（Eric Frank Russell）、艾尔弗雷德·贝斯特[2]（Alfred Bester）和 L. 罗恩·哈伯德。像默里·莱因斯特、杰克·威廉森和克利福德·西马克[3]（Clifford Simak）这样资历较老的作家已在探索新的写作方向。最重要的是，坎贝尔的《惊异》正引来新的作者，他们理解坎贝尔想要达成的事业，他们用自己的创意和活力为之做出了巨大的贡献，帮助坎贝尔将科幻小说引领到了那片应许之地。

坎贝尔为科幻提供了方向、勇气，甚至鞭策，但他需要那种能闯入想象的全新天地的作者。他需要群星的光芒；而后群星涌现，仿佛命中注定般涌现在 1939 年夏天。

---

1. 英国科幻作家，约翰·坎贝尔最欣赏的作家之一。
2. 美国科幻作家，首届雨果奖得主，代表作有《被毁灭的人》等。
3. 美国科幻作家，代表作有《星际驿站》《城市》等。

西奥多·斯特金的第一篇小说《以太生灵》[1]（“Ether Breather”）发表在9月号的《惊异》上；斯特金后来成为一位才华横溢的技巧大师，他将展示出诗意的想象和强大的语感能产生出何等杰作。罗伯特·海因莱因的第一个故事《生命线》（“Life Line”）发表在8月号的《惊异》上；海因莱因对科幻小说的发展方向和哲学思想方面所做出的贡献，最终足以跟坎贝尔并驾齐驱。范·沃格特的《黑色毁灭者》发表在7月号上；同一期上还刊登了哥伦比亚大学一位年方二十的大学生的第三个短篇故事。

这个故事是《趋势》，而作者则是艾萨克·阿西莫夫。他的第一篇小说《逐离灶神星》（“Marooned off Vesta”）发表在1939年3月号的《惊奇故事》上；第二篇作品《可怕得不能使用的武器》（“The Weapon Too Dreadful to Use”）发表在5月号的《惊奇故事》上。但阿西莫夫是坎贝尔的作家。写出第一个故事后他就去找了坎贝尔，他的故事之所以率先发表于别处，是因为坎贝尔拒绝了这篇稿子和随后的几篇。

“这如饥似渴的年轻人……拿着个烂到无可救药的故事”，但在他身上，坎贝尔看出了写作的才能，可能还有勤奋工作的决心和毅力，对感伤情绪和传奇故事的怀疑态度，还有机智的推想——对各种奇景，以及未来的事件会让人们做出何种反应。不过，和有些作家不同，阿西莫夫并没有立刻完全展现出自己的天赋，大量发表作品。这可能是因为他还太年轻；范·沃格特发表第一个科幻故事时27岁，而海因莱因则是32岁。

阿西莫夫的写作技巧和整个职业生涯都要到1941年4月《惊异》上发表他的《推理》（“Reason”）时才开始成形。那是他的机

1. 或译《以太呼吸者》。

器人系列故事［散见于 1950 年出版的《我，机器人》（*I, Robot*），1964 年出版的《其余机器人故事》（*The Rest of the Robots*），以及他之后写作的其他几本书籍中］当中第二个发表的，也是第一个包含了他的“机器人学三大法则”的故事，虽然这三条法则要到之后才会被形诸文字（阿西莫夫将机器人学三大法则的发明归功于坎贝尔，但坎贝尔坚持这些法则本就暗含在小说之中）。其后的多数机器人系列故事情节就基于法则之间的冲突；早期的故事重心仍在于传统的人类对于异己智能的恐惧，还有较为理性的对于经济竞争的恐惧，但抛弃了对破坏禁忌的、对被造物转而反抗创造主的那些非理性的恐惧。正如阿西莫夫在《其余机器人故事》的序言中所指出的，发明家们会采取保障安全的措施，比如刀剑上会有握把，锅炉上会有安全阀；而第一法则，“机器人不得伤害人类，或者任凭人类受到伤害而不作为”，也就是这样的一个安全措施。

坎贝尔对现在和未来问题的现实主义观念培育出了最初的信徒；阿西莫夫的三大法则让“弗兰肯斯坦式的怪物”成了过时的古董；从此以后，这种概念只会在奇幻或者魔怪电影中出现，乃至于《2001：太空奥德赛》（*2001: A Space Odyssey*）中的“哈尔”[1]这一形象看起来都有种奇特的怀旧感。阿西莫夫对传统的态度是不恭和叛逆的。《日暮》（“Nightfall”）就是这种观念的产物。

阿西莫夫这个故事的点子来自坎贝尔向他引用的爱默生名句，这句话也成了这篇小说的引语。坎贝尔和阿西莫夫对爱默生那诗意的图景提出了挑战。他们用科学的诗去替代信仰的诗。他们相信，能被证实的真相本身就具备一种冷酷的美；群星的真相或许会让人们发疯，但他们是在三万颗恒星的灿烂光芒照耀下疯掉的。

1. 这部经典科幻电影和（剧本的）小说版都发行于 1968 年。“哈尔”是其中造反的超级计算机。

《日暮》中的这一时刻可与海因莱因的经典中篇《宇宙》[1]里的那一时刻相比：主人公霍伊兰从小一直相信，他生活在其中的巨型太空飞船就是宇宙的全部了，而后他坐在飞船的控制室里，骤然明悟他一直以来被引导着相信的“真实”其实乃是比喻，飞船并非宇宙本身而只是其中的一小部分，正于群星之间穿行。

真相，现实，事物的本质——在这样的时刻，科幻小说让它们骤然显身，照彻大千世界，反射出科学本身的启蒙之光。

从 1942 年 5 月开始，阿西莫夫创作了一个新的系列——“基地”（*Foundation*）。最后这个系列作为“基地三部曲”（*The Foundation Trilogy*，1964）出版，其中包括若干短篇和中篇小说，以及一部长篇小说。与此同时，阿西莫夫获得了生物化学博士学位，于波士顿大学药物学院执教。他在第一部长篇小说《苍穹微石》（*Pebble in the Sky*，1950）之后又写了一连串的长篇，包括最著名的两部机器人侦探小说《钢窟》和《裸阳》，以及《星空暗流》（*The Currents of Space*，1952）和《永恒的终结》（*The End of Eternity*，1955），还有用保罗·弗伦奇（Paul French）为笔名发表的“幸运儿斯塔尔”（*Lucky Starr*）系列少年科幻小说。

1958 年时，已是副教授的阿西莫夫遭到新任的系主任施压，要他完成更多科研工作；他索性做了全职作家。不过，之后他写的是科普作品，比如《聪明人科学指南》（*Intelligent Man's Guide to Science*，1960）和《古今科技名人辞典》（*Biographical Encyclopedia of Science and Technology*，1964）。其他的出版作品——到他去世前，他的著作总数已达 470 多种——涵盖了莎士比亚、拜伦、弥尔顿，还有一部关于《圣经》的；他写历史，写笑话，写讽刺，也为青少

1.《宇宙》及其续篇《常识》略作改动后在 1960 年代合为一个单行本，书名为《太空孤儿》。

年和成年人写了许多的科普书籍。1972 年他再度回到科幻写作中，这一年的《神们自己》(*The Gods Themselves*) 获得了星云和雨果双奖；1977 年，他以《两百岁的人》("The Bicentennial Man") 再度达成了这样的成就。他还花了许多时间在一本冠以他名字的科幻杂志上——从这家杂志 1977 年创办开始，直到他去世。1986 年，美国科幻作家协会将科幻小说大师奖授予了他。

1980 年代阿西莫夫被双日出版社说服，又写了一本"基地"系列的长篇小说，并开始创作一系列的畅销书（这是他有生以来头一次），在其中他延续了之前那两个了不起的想法——机器人和基地，甚至还试图将它们无缝衔接成一套"未来史"。他成了一位广受欢迎的演说家，电视上的知名人物，许多种类各异的出版物的供稿人，以及几乎任何问题的权威。他被称为"国家奇才"，甚至"自然瑰宝"。他也许会说，作为一个（3 岁时）从俄国迁来，在布鲁克林一家糖果店里长大的移民，这挺不错的（而且事实上他确实这么说过了：在他的两卷本自传和稍后的一本回忆录里）。

但正是在 20 世纪的 40 年代到 50 年代，这位聪明机智、富有创造力的男人对科幻小说的性质产生了莫大的影响，为他之后一路收获的诸多成就构筑了基础[1]。正如他 1967 年为美国科幻作家协会会刊所写的："没什么比打下坚实的基础更重要。"阿西莫夫从坎贝尔那儿学到的观念，以及他带入到作品中的缜密思维，都帮助科幻小说进入了逻辑化的新模式当中，并暂时性地驱逐了哥特式的迷信思维。在《日暮》发表之后的 20 年当中，借由阿西莫夫这样的作家的作品，坎贝尔的实用主义观点占据了上风。

（何锐　译）

1. 原文"基础"和"基地"是一个词。

日暮

［美国］艾萨克·阿西莫夫

“倘若群星每隔千年方才闪耀一晚，那么世世代代的凡夫俗子们，会对记忆中神的城市奉以何样的信任、崇拜与缅怀！”

——爱默生

萨罗大学的校长阿顿77咄咄逼人地噘着下嘴唇，怒视着年轻的新闻工作者。

特雷蒙762并没有被这团怒气吓到。远在他职业生涯的早期，如今多家报刊争相登载的专栏还只是初出茅庐的记者脑子里的疯狂想法时，他就在专攻“不可能”的采访了。他为此付出过瘀伤、黑眼圈和骨折的代价，但也收获了足够的冷静和自信。

于是他放下了自己伸出去却被对方刻意忽视的那只手，静静地等待老校长从暴怒中平静下来。不管怎么说，天文学家都是些性情古怪的家伙，而如果说阿顿在过去两个月里的行为能够说明什么的话，那就是这位阿顿是他们群体当中最古怪的一位。

阿顿77再次开口说话了，虽然因为压抑着情绪而声音颤抖，但这位著名天文学家并没有丢掉他广为人知的措辞风格：谨慎，乃至多少有些迂腐。

“先生，”他说，“你带着那么欠考虑的选题来找我，可真是无耻到了极点。”

天文台身材粗壮的远望摄像师比内25用舌尖舔了舔干燥的嘴唇，紧张地插言道：“算了，先生，毕竟——”

校长转向他，扬起了白色的眉毛：“不要多嘴，比内。我相信你把此人带来是出于好意，但是现在我不会容忍任何不服从。”

特雷蒙认为是时候说句话了：“阿顿校长，如果你容我把话说完，我认为——”

“我不相信，年轻人，”阿顿反驳道，“比起最近两个月来你那个每日专栏里的东西，你现在要说的话还能有什么值得一听的。针对我和我同事的工作，你领导了一场声势浩大的媒体斗争，把全世界组织起来否认这个已经来不及避免的威胁。你竭尽全力对我实施个人攻击，让这个天文台的工作人员备受嘲弄。”

校长从桌面上拿起一份萨罗市《纪事报》，冲着特雷蒙猛地晃了晃。“哪怕是像你这样以厚颜无耻著称的人，来求我允许你报道今天的事件之前，也是应该犹豫一下的。那么多记者，来的偏偏是你！”

阿顿把报纸丢在地上，大步走到窗前，双手在身后紧紧相扣。

“恕不远送。”他侧过脸来厉声说道，然后面色阴沉地凝视着窗外的天际线。伽马，这颗行星的六个太阳中最亮的那个，正在落下去，已经在天边的雾霭中褪色泛黄。阿顿知道，他将再也不会作为一个正常人看到它了。

他猛然转过身来。“不，等一下，过来！”他急切地挥了一下手，“我给你报道权。”

记者原也并未挪步离开，闻言便向老人慢慢走去。阿顿指着外面：“六个太阳，只剩下贝塔还在天上。你看到了吗？”

这个问题委实有些多余。正当落山的伽马收去了它夺目的光芒，贝塔却差不多正要升到天顶，用红光给大地染上了一层不同寻常的橙色。贝塔正位于极远点。它很小，特雷蒙还不曾见过它这么小，而在拉格什此时此刻的天空，它是无可争议的统治者。

拉格什自己的太阳，也就是它绕其运转的阿尔法，正位于对跖点；那一对遥远的伴星也是如此。红矮星贝塔——阿尔法的伴星——正是孑然一身，孤星独吟。

阿顿仰起的脸庞在阳光里闪耀着红光。“还有不到四个小时，”他说，“我们所熟知的文明便要走到尽头。这是因为，如你所见，天空中只剩下了贝塔一颗太阳。”他冷冷地笑着，“把这个消息登出来吧！不会有人读到它了。”

“可是，假如等到四个小时之后——然后再过四个小时——什么都没有发生呢？”特雷蒙轻声问道。

“你大可不必有此困扰。该来的一定会来的。”

“毋庸置疑！不过——万一一切风平浪静？”

比内 25 再一次开口：“先生，我看你还是听听他的想法吧。”

特雷蒙说：“投票决定吧，阿顿校长。”

天文台的另外五名工作人员发出了一阵窃窃私语。他们在此之前一直保持谨慎的中立态度。

“那么做，”阿顿断然说道，“倒也没什么必要。”他掏出怀表，“既然你的好朋友比内那么坚持，我就给你五分钟好了。开讲吧。”

“太好了！话说，如果你允许我把将要发生的事情留一份目击记录，究竟能造成什么影响呢？如果你的预言成真，我的在场不会对你造成任何妨碍；因为那样的话，我的专栏就再也写不成了。反过来说，万一预言落了空，你就只能遭人嘲笑甚至更糟。让友善之人掌控那种负面舆论才是明智之举。”

阿顿哼了一声。“你所谓的友善之人该不会是指你自己吧？”

“正是！”特雷蒙坐下来，跷起了二郎腿，“我的专栏或许有时候有点不近人情，但是每一次你们这些人也会从质疑中受益。毕竟，现在不是向拉格什宣扬‘世界末日即将来临’的年代了。你得知道，人们已经不再相信《启示录》，而如果科学家们变换口风，告诉我们原来那些狂热教徒宣扬的都是对的，人们会很反感——”

“没有这种事，年轻人，”阿顿打断了他，“虽然我们大量的数据是来自宗教，但是我们的结论中并没有宗教那样的神秘主义。事实就是事实，宗教所谓的神话背后也隐藏着某些特定的事实。我们揭示了它们，撕开了那层神秘的面纱。我向你保证，宗教现在比你更恨我们。”

“我不恨你们。我只是想告诉你，公众的情绪很糟糕。他们生气了。”

阿顿撇着嘴，露出嘲讽的笑容：“那就让他们生气好了。”

“好啊，但是明天怎么办？”

“没有明天了！”

“但是如果有呢。假设还有明天——想想会发生什么。那种愤怒可能会造成严重的后果。毕竟，你知道，经济在最近两个月里一落千丈。投资者其实并不相信世界要完蛋，但是在这一切结束之前，他们都把自己的腰包捂得严严实实。普罗大众也不相信你们，但是新款的春季家具大概也要等几个月再入手了——就为了确保万无一失。

“你明白了吗？等到这一切结束，商业利益集团立刻就会咬住你们不放。他们会说，如果疯子——请原谅我的措辞——只需要说点荒唐的预言，就能随时破坏国家的繁荣——那么这颗星球上的人都应该阻止他们。星星之火可以燎原，先生。”

校长严厉地盯着专栏作家："那么针对这样的形势，你有何建议？"

"这个嘛，"特雷蒙咧嘴一笑，"我建议掌握住宣传口径。我能让民众只了解到荒谬的一面。这将令你们难以忍受，我承认，因为我不得不把你们塑造成一群胡言乱语的白痴；但是如果我能让人们嘲笑你们，他们也许就会忘记生气。作为回报，我的出版商要求的不过是一篇独家报道。"

比内点点头，脱口而出："先生，我们这些人都认为他说得有道理。在过去的两个月里，我们什么都考虑了，唯独忽略了我们的理论或者计算中存在错误这样一个百万分之一的可能性。我们应该把这个可能性也考虑进来。"

桌子周围的人们发出一阵表示同意的低语，阿顿的表情就像是嘴里有苦味却吐不出来。

"既然如此，愿意的话，你就留下来吧。不过，请你不要以任何方式妨碍我们的工作。你也需要记住，这里的所有活动由我掌控，尽管你在专栏中表达过那些观点，我还是希望得到你充分的合作和尊重——"

他说话时双手背在身后，坚定地扬着布满皱纹的脸庞。若不是另一个声音传过来打断了他，他也许会一直这样说下去，不知道会说到什么时候。

"大家好，大家好，大家好！"新来者声调很高，圆润的脸上带着愉快的笑容，"这里的气氛怎么死气沉沉的？我希望还没有人吓破了胆。"

阿顿惊讶地盯着那人，焦躁地说："你又怎么会来这里，希林？我以为你会留在藏身处呢。"

身材短粗的希林笑着坐到了椅子上。"藏身处去死吧！那个地方好无聊。我想在这儿待着，这边的事情越来越带劲了。你以为我就没有好奇心吗？我想看看教徒们一直说个不停的群星。”他搓着双手，语气变得冷静一点了，“外面够冷的。风凉得能在你的鼻子下面挂冰柱。在这个距离上，贝塔好像一点热量都没有。”

白发苍苍的校长突然愤怒地咬紧牙关。“你怎么忽然魔怔起来了，希林？你在这儿有什么用？”

“我在那儿又有什么用？”希林摊开手掌，做出一个滑稽的无奈手势，“心理学家在藏身处只会浪费粮食。他们需要的是有行动能力的男人和强壮健康、能生养的妇女。我呢？我得减去一百磅体重才算得上有行动能力，而且我也不会生孩子。所以何必让他们养一个闲人呢？我还是在这里感觉更自在一些。”

特雷蒙轻快地说：“什么是藏身处，先生？”

希林仿佛这才看到专栏作家。他皱着眉头，鼓着宽大的腮帮子：“你又是何方神圣，红毛小子？”

阿顿撇嘴，满脸不高兴地喃喃道：“这是特雷蒙 762，报社的。我想你听说过他吧。”

专栏作家伸出了手。“而你显然是萨罗大学的希林 501。久仰大名。”然后他又问了一遍，“你们说的这个藏身处是什么呢，先生？”

“这个嘛，”希林说，“我们设法让一些人相信了我们对——呃——末日的预言，引起了他们的重视。那些人采取了适当的措施。他们大多是天文台工作人员的直系亲属，萨罗大学的教职员工，还有一些外人。总共大约有三百人，不过四分之三都是妇女和儿童。”

“我明白了！他们要躲在黑暗和群星无法企及之处，等到世界其他地方灰飞烟灭之后再出来。”

“如果他们做得到的话。这并非易事。到那时全人类都发了疯，大城市熊熊燃烧，环境将不利于生存。不过他们有食物、水、住所和武器——”

“不仅如此，”阿顿说，“他们还拥有我们全部的记录，只除了我们今天将要收集到的。对下一个周期来说，那些记录至关重要，必须要保存下来。其他事项都可以暂缓。”

特雷蒙吹了一声悠长而低沉的口哨，坐在那儿沉思了几分钟。桌子周围的人已经拿出一副棋盘，开始了一场六人棋局。落子迅速而安静。所有的目光都直勾勾地集中在棋盘上。特雷蒙专注地观看了一会儿，然后起身走近阿顿。阿顿正坐在一旁，低声与希林交谈。

“我说，”特雷蒙说，“我们换个地方，不要打扰其他人。我有几个问题想问。”

老天文学家充满敌意地对他皱着眉头，希林却欣然应道：“没问题啊。我喜欢和人聊天，一直都喜欢。阿顿正对我讲你的想法，也就是万一预言失败全世界会是什么反应——我同意你。对了，我经常读你的专栏，总体上来说，我喜欢你的观点。”

“拜托，希林。”阿顿气呼呼地说。

“嗯？哦，好吧。我们到隔壁房间去。至少那边的椅子比较软。”

隔壁有更柔软的椅子，窗户上挂着厚厚的红色窗帘，地板上铺着红地毯。在贝塔砖红色光芒的照耀下，这一套陈设的整体效果就像是干涸的血迹。

特雷蒙打了个哆嗦。“我说，我愿意出十个信用点买哪怕一小阵的白光。我希望伽马或者德尔塔在天上。”

“你有什么问题？”阿顿问，“别忘了我们时间有限。再过一个小时零一刻钟多一点，我们就要上楼了，然后就没有时间说话了。”

“好的，我的问题是这样的。”特雷蒙向后一靠，两手交叉在胸前，“你们这些人对这事似乎都非常认真，我都要开始相信你们了。你介意解释一下到底是怎么回事吗？”

阿顿勃然大怒："你是打算坐在那里告诉我，一直以来你连我们要说什么都没搞清楚，就对我们大肆嘲讽吗？"

专栏作家不好意思地咧嘴笑了："没那么离谱，先生。我知道大致的概念。你说在几个小时内将会发生波及全世界的黑暗，所有的人类都会发疯。我现在想要了解的是它背后的科学原理。"

"不，别问他。别问他。"希林插言道，"如果你问阿顿这个——假设他有心情回答——他会拿出来一摞摞的数字和图表。你根本搞不清头绪。而如果你问我的话，我倒是可以给你外行的观点。"

"好吧。我问你。"

"那么我要先喝一杯。"他搓着手看着阿顿。

"水？"阿顿嘟哝道。

"别说傻话！"

"你才别说傻话。今天不许喝酒。让我的手下喝醉太容易了。我可担不起诱惑他们的后果。"

心理学家没说什么，只做了个抱怨的神情。他转过身来对着特雷蒙，用锐利的目光盯着他，开始解释。

"你肯定知道，拉格什的文明史呈现周期性的特点——我是说循环往复！"

"我知道，"特雷蒙谨慎地答道，"当前的考古学理论是这么说的。这已经被认作事实了吗？"

"差不多。在刚刚过去的这个世纪，它已经得到了人们的普遍认同。这个周期性的特点是——或者说曾经是——一个巨大的谜。我们识别出了一系列的文明，其中的九个我们确信无疑，此外有迹象表明还有更多，所有的文明都达到了我们这个文明的高度，而所有的文明又都在顶峰时期毁于烈火。

"没人知道为什么。所有的文化中心都被彻底焚毁了，没留下丝毫线索让我们推测原因。”

特雷蒙认真地听着：“不是还有过一个石器时代吗？”

“有可能，但是直到现在，我们对其几乎一无所知，只知道那个时代的人比聪明一点的猿强不了多少。我们可以忽略掉它。”

“我明白了。接着说！”

“对这些反复发生的灾难，人们提出过一些解释，而所有的解释都多少有些荒诞。有人说有周期性的火雨；有人说拉格什每过一段时期就会穿过一个太阳；还有一些更加离谱的说法。但是有一个流传了几百年的理论，与所有这些都完全不同。”

“我知道。你说的是教徒们的《启示录》里的‘群星’神话。”

“完全正确，”希林满意地答道，“教徒们说，每隔两千零五十年，拉格什会进入一个巨大的洞穴，于是所有的太阳都要消失，世界各地陷入彻头彻尾的黑暗！这时候，据他们说，出现一种叫作群星的事物，夺走人们的灵魂，把人们变成丧失理智的畜生，于是他们摧毁了自己建立起来的文明。当然，他们在这套说辞中混入了好多宗教神秘主义观念，但核心的思想就是这些。”

一阵短暂的沉默中，希林深深地吸了一口气。“现在我们就要说到万有引力理论了。”他说那个短语时发音很重，几乎让人听出了字体加粗的效果。这时候阿顿从窗口转过身，响亮地哼了一声，然后大步走出房间。

两人盯着他的背影，特雷蒙说：“怎么了？”

“没什么特别的事情。”希林答道，“有两个人几个小时之前就该到了，但是到现在还没露面。他急缺人手，当然，这是因为人们都去了藏身处，只留下了真正关键的人员。”

“你不会是认为那两个人开小差了吧，有没有？”

“谁？法罗和依莫特？当然不是。不过，如果一小时之内他们还不回来，事情就会有点棘手。”他忽然站起来，目光炯炯，“不管怎样，既然阿顿出去了——”

他蹑手蹑脚地走到最近的窗口蹲下来，从窗框花箱下面取出了一个装有红色液体的瓶子，摇了摇，汩汩之声引人遐想。

“我认为阿顿不知道这个。”他说着疾步走回桌子旁，“来！我们只有一个杯子，你是客人，那就给你用好了。我直接用瓶子。”他小心地倒满了那个小杯子。

特雷蒙站起来想要提出抗议，可是希林严厉地看着他：“尊敬你的长辈，年轻人。”

记者一脸苦闷地坐了下来：“那就接着说吧，你这个老恶棍。”

心理学家仰头往嘴里灌酒，喉结一上一下地动着，然后满意地哼了一声，舔舔嘴唇接着说：

“你对引力了解多少呢？”

“一无所知，除了知道这是最近的科学进展，理论还不算太完善，涉及的数学太难了，在拉格什应该只有十二个人能理解。”

“哈！胡说！一派胡言！我一句话就可以把全部的数学要点给你总结出来。万有引力定律指的是，宇宙中所有物体之间都存在着一种相互的吸引力，任何两个给定物体之间，这种力的大小与它们质量除以它们之间距离的平方成正比。”

“就这些？”

“这就够了！人们花了四百年时间才研究出来。”

“为什么那么久？照你说的这样，听起来很简单。”

“因为伟大定律的发现靠的不是天赐的灵光一现，不管你怎么想。它往往需要满世界的科学家共同努力许多个世纪。自从吉诺维 41 发现拉格什绕阿尔法太阳运行，而不是相反——那是四百年前的事情了——天文学家们一直在努力。他们记录下六个太阳的复杂运动，并进行分析和阐释。他们提出了一个又一个理论，翻来覆去地检验，有的修正一下，有的直接放弃，还有的又被重新捡起来，改头换面。这是极其艰难的工作。”

特雷蒙若有所思地点点头，伸出杯子要求希林再倒一些酒。希林不情愿地倒出了几滴红色的液体。

“那是在二十年前，”润了润自己的嗓子之后，希林接着说，“终于有人证实，万有引力定律完全能够解释六个太阳的轨道运动。那是一次伟大的胜利。”

希林站起来走到窗前，手里还紧紧攥着酒瓶。“现在我们说到重点了。在过去的十年间，人们根据引力计算了拉格什围绕阿尔法的运动，得到的结果与观测轨道不符，哪怕考虑到所有其他太阳的扰动也还是不符。要么定律是错误的，要么还存在某种未知的因素。”

特雷蒙也走到了窗前，目光越过林木繁茂的山坡，凝望着地平线上萨罗城那一座座光泽如血的高塔。

记者瞥了贝塔一眼，感觉到不确定性带来的紧张感正在内心愈演愈烈。贝塔高悬天顶，像一只怒视人间的红色眼眸，势孤力单却凶相毕露。

“接着说，先生。”他轻声说。

希林回答道：“天文学家们摸索了多年，每次提出的理论都比前一个更站不住脚——直到阿顿从宗教那里获得了启发。宗教头子索尔 5 掌握的一些资料可以大大简化这个问题。阿顿掉转了他的研究方向。

“会不会还有另一个像是拉格什的不发光行星？如果有的话，你知道，它就只能靠反射发光，而如果它也和拉格什的大部分结构一样，是由蓝色岩石构成的，那么在红色的天空中，它将被几个太阳永恒不灭的光芒遮蔽——彻底地无形无迹。”

特雷蒙吹了声口哨：“好个奇特的想法！”

“你认为这很奇特？听好了：假如这个天体以合适的距离和轨道绕拉格什运转，又有着合适的质量，使得它对拉格什的吸引刚好能够解释拉格什轨道与理论的偏差，你知道会发生什么事吗？”

专栏作家摇摇头。

“嗯，有时候这个天体会挡住一个太阳。”希林一口气喝光了瓶子里剩下的酒。

“我猜它确实会挡。”特雷蒙平静地说。

“是的！但是只有一个太阳位于它的轨道面上。”他伸出大拇指，指了指天上那颗缩小了的太阳，“贝塔！而且已经证明，只有当贝塔独自位于一个半球上空，而且在最大距离处，同时那颗卫星位于最小距离时，遮挡[1]才会发生。这时卫星的目视直径是贝塔的七倍，可将整个拉格什遮蔽超过半天之久，因此整个星球上没有一个地点能够免于遮挡的影响。这样的遮挡每两千零四十九年发生一次。”

特雷蒙面无表情：“这就是我的报道内容？”

心理学家点点头：“就这些。首先，遮挡将在三刻钟之内开始，然后将出现全球性的黑暗，也许还有那些神秘的群星，然后人们发疯，文明的本次循环告一段落。”

他忧郁地说：“我们曾经有过两个月的时间——我们天文台的人——但还是来不及让拉格什人相信危险的存在。两个世纪也许都不够。但我们把记录留在了藏身处，还有今天将要拍摄的遮挡照片。

1. 在本文故事发生的行星上，每次日食的发生都伴随着文明的覆灭，即便曾经有人对全球性黑暗提出过正确的解释，这一知识也并未流传下来——我们看到希林向特雷蒙介绍情况的时候，明确地说另一颗行星的存在及其对贝塔的遮挡都是根据最新的科学理论计算的结果——因此，他们的语言中应该不会留下专门用于描述这种自然现象的术语，如“日食”“初亏”“全食”等。在英文原版中，作者阿西莫夫仍然让笔下的人物使用了上述术语，这是不符合故事设定的。因此译者略作改动，让主人公们在谈及此事时，只用普通的语言来描述，比如在这里，用“遮挡”代替了原文的“日食”。

下一轮文明将以真相为基础，等到下一次遮挡来临时，人类终将做好准备。想想看，这也是你报道的一部分。”

特雷蒙打开窗户探出身去，一阵轻风拂乱了窗帘。他盯着手上的深红色阳光，发丝间浸润了风带来的凉意。这时他突然决定反抗一下。

“黑暗中有什么东西能让我发疯？”

希林一边笑一边心不在焉地转着空酒瓶。“你经历过黑暗吗，年轻人？”

新闻记者靠到墙上思考了一下。“没有。我不能说经历过。但是我知道那是怎么回事。只不过是——呃——”他用手指做了个含义不明的动作，然后有了思路，“只不过是没有光。就像在洞穴里一样。”

“你进过洞穴吗，年轻人？”

“洞穴！当然没有！”

“我想你也没有。我上周试了试——只是为了看看是怎么回事——但我赶紧又出来了。我一直往里走，直到洞口的光只剩下隐约一团，四面八方漆黑一片。我从没想过有我这种体重的人能跑得那么快。”

特雷蒙撇着嘴唇：“哼，如果只是这样的话，我觉得我不会跑的，如果我在那里。”

心理学家生气地皱着眉头，紧盯着年轻人。

“天哪，好大的口气！我谅你不敢拉窗帘。”

特雷蒙看着他惊讶地说：“拉窗帘干什么？外面有四五个太阳的时候，我们也许需要挡住一点光才会舒服，但是现在我们没有足够的照明了。”

“关键就在这里。你只管拉上窗帘好了，然后过来坐下。”

“好吧。”特雷蒙伸手够到缀着流苏的拉绳，猛地一拽。红色的窗帘滑过宽阔的窗户，黄铜的环在横木上嘶嘶作响，暮色般的红色阴影笼罩着房间。

寂静当中，特雷蒙走向桌子的脚步声听起来很空洞，然后声音在中途停了下来。“我看不见你，先生。”他低声说。

“摸索着走。”希林用紧张的声音命令道。

“但是我看不到你，先生。”记者的呼吸声很粗重，“我什么都看不见。”

“你指望能看见什么？”希林冷酷地回答，“过来坐下！”

脚步声再次响起，摇摆着慢慢靠近。然后有摸索椅子的声音。特雷蒙的声音很微弱：“我过来了。我觉得……呃……还好。”

“你喜欢这种感觉，是吗？”

“不——不喜欢。太可怕了。墙壁好像是——”他停顿了一下，“它们似乎在向我逼过来。我总是想把它们推开。但是我不会发疯的！事实上，我感觉比刚才好一点了。”

“好吧。把窗帘拉开吧。”

小心翼翼的脚步声穿过了黑暗，特雷蒙摸索流苏的时候身体在窗帘上擦出了沙沙的声音，然后伴着大功告成般的呼的一声，窗帘滑了回去。红光灌满了房间，特雷蒙开心地叫了一声，抬头看向太阳。

希林用手背擦去额头的汗，颤抖着说：“这还只是一个黑暗的房间。”

“我能受得了。”特雷蒙轻描淡写地说。

“是的，黑暗的房间你能撑得住。但是两年前你去过姜洛百年博览会吗？”

“不，我没去过。六千里的行程太远了，哪怕是为了那个博览会。”

“嗯，我去了。那你还记得听说过神秘隧道吗？它打破了游乐区的所有记录——至少在最初一个月左右的时间里。”

“记得。不是说有人拿它大做文章吗？”

“基本没有。议论被压下来了。你要知道，神秘隧道只是一条一里长的隧道——没有光。你坐进一辆敞篷小车，在黑暗中颠簸十五分钟。它很受欢迎——在它开放期间。”

“受欢迎？”

“当然。如果是作为游戏的一部分，恐惧感还是很吸引人的。婴儿出生时就会本能地惧怕三种事物：巨大的声响、坠落和光线的缺失。这就解释了为什么人们会觉得突然跳到某人面前大喊一声是件好玩的事情，以及为什么坐过山车会那么有意思。这也解释了为什么神秘隧道一开始会大赚特赚。人们从黑暗中出来的时候，吓得浑身发抖，喘不过气来，三魂六魄差不多跑了一半，但他们还要继续付钱进去。”

“等一下，我现在想起来了。有的人出来的时候已经死了，是不是？它关闭之后有这样的传言。”

心理学家哼了一声：“嗐！死了两三个人。这根本不算事。他们向死者家属支付了赔偿金，说服姜洛市议会把这事抛在了脑后。他们说，心脏不好的人要想通过隧道，风险终归要自己承担——再说这样的事也不会再发生了。于是他们在前厅安排了一名医生，让每位游客在上车前接受体检。这个举措事实上提高了门票销售量。”

“好吧，然后呢？”

“但是，你得知道，还有别的问题呢。有时候人们出来的时候平静如常，只不过拒绝进入建筑物——任何建筑物，包括宫殿、豪宅、公寓、住宅、别墅、村舍、木屋、帐篷、披屋。”

特雷蒙看上去大吃一惊。“你是说他们拒绝离开开阔地。他们在哪里睡觉呢？”

“在开阔地。”

“应该有人强迫他们进屋去。”

“哦，有过，有过。然后这些人就陷入了暴力和癫狂，拼命拿头往最近的墙上撞。一旦你把他们弄到室内，没有拘束衣和一管子吗啡你可别想把他们留在那里。”

“他们肯定是发疯了。”

“正是如此。进入隧道的人，每十个当中就有一个变成那种样子。他们求助于心理学家，我们做了唯一能做的事情。我们关闭了隧道。”他摊开双手。

“那些人究竟是怎么了？”特雷蒙终于问道。

“你在黑暗中认为房间的墙壁都在朝你压过来，他们遇到的问题本质上也是这么回事。心理学上有一个术语用来描述人类对光线缺乏的本能恐惧。我们称之为‘幽闭恐惧’，因为光的缺乏总是与封闭空间联系在一起，所以害怕其中一个就是害怕另一个。你明白了吧？”

“那些进隧道的人呢？”

“那些人的不幸在于，他们的心智不具备足够的弹性，克服不了随着黑暗突然降临的幽闭恐惧。没有光的十五分钟是一段很长的时间。你只经历了两三分钟，我相信你已经相当难受了。

“进隧道的人患上了所谓的‘幽闭恐惧症’。他们对黑暗和密闭空间的潜在恐惧已经具体化并活跃起来，而且据我们所知，这种影响持久不消。这就是在黑暗中待十五分钟造成的后果。”

长时间的沉默当中，特雷蒙的眉头慢慢皱了起来。“我不相信有那么可怕。”

“你的意思是你不想相信，”希林厉声喝道，“你不敢相信。看看窗外！”

特雷蒙照做了，心理学家没有停顿：“想象黑暗无处不在。你目力所及之处都没有光。房屋、树木、田野、大地、天空——都是黑的！群星降临，据我所知——无论它们到底是什么。你能想象得出来吗？”

“是的，我能。”特雷蒙语气粗暴地回答。

希林猛地捶了一下桌子。“你胡说！你根本想象不出来。你的大脑不是为这种概念打造的，就像不是为无限或者永恒的概念打造的一样。你只会谈论它。现实的一小部分就让你心烦意乱，而当事情真的发生时，你的大脑就要应对一个超出其理解能力的现象。你会发疯，彻底、永远！毫无疑问！”

他忧伤地补充道：“又是几千年的艰苦奋斗化作乌有。到了明天，不会再有一座城市还能安然无恙地屹立在拉格什上。”

特雷蒙部分地恢复了心理平衡：“还是说不通。我仍然不觉得我会仅仅因为天空没有太阳就发疯，但是就算我和其他人确实都发了疯，又怎么会破坏城市呢？我们要把它们轰平吗？”

然而希林也很生气。“身在黑暗中，你最想要什么？本能的急切需要会是什么？光，该死的，是光。”

“那又怎么样？”

“你怎样才能得到光呢？”

“我不知道。”特雷蒙不动声色地说。

“在没有太阳的情况下，得到光的唯一方法是什么？”

“我怎么知道？”

他们迎面而立，四目相对。

希林说：“你可以烧点东西，先生。见过森林火灾吗？你有没有在露营的时候烧柴火炖肉？你知道，热不是木头燃烧时的唯一产物。

它还会发光，而且人们都了解。黑暗的时候，他们想要光明，而且他们会想方设法得到它。”

“所以他们烧木头？”

“所以他们有什么烧什么。他们一定要有光。他们一定要烧点东西，木头不是随手可得的——所以他们会就近找到什么烧什么。他们将得到光明，每一个聚居地的中心都将腾起熊熊的火焰！”

两人紧盯着对方，仿佛整件事情已经归结为双方意志力的较量，然后特雷蒙无言地退缩了。他呼吸粗重而匆促，几乎没有注意到从关着门的隔壁房间突然传来的嘈杂声。

希林开口说话了，而且努力克制了一下才让自己表现得不动声色：“我想我听到了依莫特的声音。他和法罗可能回来了。咱们过去看看他们为什么拖到现在才来。”

“也好！”特雷蒙喃喃地说。他深深地吸了一口气，似乎在发抖。紧张的气氛被打破了。

众人向两名年轻人围拢过来，屋子里一阵喧闹。两人一面回避着大家向他们抛过来的各种问题，一面脱着外套。

阿顿匆匆穿过人群，愤怒地面对着新来者：“你们知道离最后的时刻只剩下不到半小时了吗？你们两个到哪里去了？”

法罗 24 坐下来搓着双手。他被室外的寒气冻得脸颊发红。“依莫特和我刚刚完成了一项我们自己的疯狂小实验。我们一直在试图搞清楚，我们是不是能建立一套设施，可以模拟黑暗和群星的样子，以便提前有所了解。”

听众当中响起一阵困惑的私语，阿顿的眼中则突然闪现出感兴趣的神色。“以前没人说过这件事。你们进展怎么样？”

“这个嘛，”法罗说，“这个主意是依莫特和我在很久之前想到的，我们俩一直在利用业余时间推进它。依莫特知道在城里有座矮平房，房顶是半球形的——以前是座博物馆，我想。反正我们买了下来——”

“你们哪儿来的钱？”阿顿猛地打断了他。

“我们的银行账户。”依莫特70哼了一声，“花了两千个信用点。”然后又辩解道，“嗯，那又怎么样？到了明天，两千信用点就变成两千张废纸了。如此而已。”

“当然。”法罗表示同意，“我们买下了那个地方，把它从上到下用黑天鹅绒装饰起来，好让里面尽可能地漆黑一团。然后我们在天花板和屋顶上打了小孔，装上小金属盖，用一个开关就可以把所有的盖子同时推开。至少，这部分工作并不是我们亲自上阵。我们请了一个木工和一个电工，还有其他一些人——钱花得不计其数。这么做的目的就是，让光线通过屋顶的孔照进来，那样我们就可以得到仿佛群星的效果。”

在随后的停顿中，一点喘气的声音都听不到。阿顿生硬地说：

“你们没有权力私下里——”

法罗看上去很尴尬。“我知道，先生——不过，坦率地说，依莫特和我认为这个实验有一点危险。如果那种效果真的能起作用，我们便有一定发疯的可能——而根据希林所说，我们认为那种可能性还相当大。我们想自己承担这个风险。当然，如果发现自己能够保持理智，我们就会明白，人们有可能对真实事物产生免疫力，然后就可以让你们这些人也去体验一下。但是实验根本就没有得到什么结果——”

“怎么了，发生什么事了？”

回答这个问题的是依莫特：“我们把自己关在里面，让眼睛适应黑暗。那是一种极其恐怖的感觉，因为完全的黑暗会让你觉得墙壁和天花板都在挤压你。不过我们撑住了，打开了开关。金属盖子滑开了，整个屋顶上亮点闪闪——”

“然后呢？”

“然后——什么事情都没有。这就是荒诞之处。什么都没有发生。只是一个有洞的屋顶，看起来仅此而已。我们试了一次又一次——所以我们才来得这么晚——但根本没有任何效果。”

这时候众人全都震惊得说不出话来，所有的目光都转向了希林，他坐在那里张着嘴巴，一动不动。

特雷蒙第一个开口说话：“你知道这对你提出的理论意味着什么，希林，对不对？”他咧嘴笑着，一脸宽慰的神色。

但是希林举起了手。“等等。让我想一想。”然后他打了一下响指，抬起头时，他的眼睛里既没有惊讶也没有不确定，“当然——”

这句话他没有说完。从上面某个地方传来了尖锐的哐当一声，比内被惊得站立起来，说了声“见鬼，搞什么呢！”便冲上了楼梯。

其他人都跟了上去。

事情发生得很快。到了穹顶之后，比内惊骇地盯着摔碎的感光板和旁边那个弯着腰的人，然后猛地扑向那人，紧紧掐住了他的喉咙。一阵猛烈的推搡之后，随着其他成员的加入，陌生人被六七个愤怒的人压了个不见天日，难以呼吸。

阿顿最后一个喘着粗气走上来。“让他起来！”

众人不情愿地松开手，把气喘吁吁的陌生人拽了起来。他的衣服被撕坏了，前额青肿，黄色的短须精心弯成了教徒们喜欢的样式。

比内换手抓住了那个人的领子，使劲摇晃着他。“好吧，贱人，你打的什么主意？这些感光板——”

“我不是冲它们来的，”教徒冷冷地反驳道，“那只是意外。”

比内顺着他愤怒的目光看过去，咆哮道：“我明白了。你是冲着照相机本身来的。那么感光板的意外真是算你走运。如果你碰了远距摄像机或者其他什么设备，我们就要慢慢折磨死你。事实上——”他举拳缩臂，作势欲击。

阿顿抓住他的衣袖。“住手！放开他！”

年轻的技术员犹豫了一下，不情愿地放下了胳膊。阿顿把他推到一旁，走到教徒面前。“你是拉提美尔，对不对？”

教徒僵硬地鞠躬，指了一下自己臂部的标志。“我是拉提美尔 25，索尔 5 殿下的三等助手。”

“而且，”——阿顿扬起了白色的眉毛——“上周和殿下一起来找我的就是你，对吧？”

拉提美尔又鞠了一躬。

“那么，你想要什么？”

“你不会自愿给我的东西。”

“我想是索尔 5 派你来的——或者，难道是你自己的主意？”

“我不回答这个问题。”

“还会有更多来访者吗？”

“我也不回答这个问题。”

阿顿瞥了一眼手表，面色阴沉。“那么，老兄，你的主人想要我做什么？我已经做到了答应你们的事情。”

拉提美尔微微一笑，但什么也没说。

“我向他索取只有宗教才能提供的资料，”阿顿继续生气地说，“他满足了我的要求。为此，谢谢你们。作为回报，我答应证明宗教教义的基本要点是正确的。”

“这一点无须证明，”对方骄傲地驳斥道，“《启示录》已经证明了。”

“对于少数信教的人来说，是的。不要假装误解了我的意思。我愿意为你的信仰提供科学支持，而且我做到了！”

教徒怨恨地眯起了眼睛。“是的，你做到了——带着狐狸一般的狡猾，因为你虚假的解释支持了我们的信仰，同时也消除了信仰存在的一切必要性。你把黑暗和群星变成一种自然现象，消除了它们所有的真实意义。这是渎神。”

“如果是这样，那不是我的错。事实就摆在那里。除了陈述出来，我还能做什么？”

“你所谓的‘事实’是骗局和妄想。”

阿顿愤怒地跺了一下脚。“你怎么知道？”

对方的回答带着对信仰的十足把握。“我知道！”

校长气得面色发紫。比内低声说着什么，语气急促。阿顿挥手让他安静。“索尔 5 想要我们做什么？我想他仍然认为，如果试图警告全世界采取措施应对发疯的威胁，我们就是在把无数的灵魂置于危险之中。我们不会成功了，如果他在意这一点的话。”

“你们的尝试本身就造成了足够的伤害，你们利用邪恶器材获取信息的恶毒努力必须停止。我们听从群星的旨意，我唯一感到遗憾的是，笨拙让我没能破坏你们万恶的设备。”

“破坏也不会给你带来多大好处。”阿顿回道，“我们所有的数据，除了我们现在正要收集的直接证据，都已经得到了安全的储存，绝不会遭到任何损害。”他冷冷地笑着，“但这并不影响此时此刻你作为一个未遂窃贼和罪犯的身份。”

他对着那人身后的众人说：“哪位给萨罗市警察局打个电话？”

希林远远地喊了一声。“该死的，阿顿，你怎么回事？没有时间报警了。来吧，”——他挤上前来——“交给我吧。”

阿顿目光朝下盯着心理学家。“这不是你出洋相的时候，希林。请让我以我自己的方式处理这件事好吗？现在你是个彻头彻尾的局外人，不要忘了。”

希林神情生动地撇了撇嘴。“现在我们为什么还要做报警这种没头没脑的事——贝塔几分钟后就要被遮挡了——而这个年轻人非常愿意发誓保持他的荣誉，无论如何都不会造成任何麻烦？”

教徒立即回道：“我不会那么做。要杀要剐悉听尊便，但是公平起见，我要警告你们，只要抓住机会，我就会完成我来这里的使命。如果你们指望我发誓，那你们还是叫警察好了。”

希林脸上露出了友好的微笑。“你倒是挺坚决的，是吗？好吧，我来解释一下。你看见窗户边的那位年轻人了吗？他可是一个魁梧强壮的家伙，相当善于用拳头，而且他是个外来者。遮挡一开始，除了盯着你，他就没什么可做的了。此外还有我——打架显得矮了一点，但也能帮上忙。”

“哦，那又怎样？”拉提美尔冷冰冰地问。

“听好了，我会告诉你的，”希林答道，“一等遮挡开始，我们俩——特雷蒙和我——就要把你带进一个只有一扇门的小储物间，门上会有一把大锁，没有窗户。整个遮挡期间你都要待在里面。”

“那么结束之后，”拉提美尔气息粗重，“就没人能把我放出去了。我和你们一样了解群星出现的意义——我知道的远比你们多。你们失去理智之后，便不可能释放我。窒息或者缓慢的饥饿，是吗？在我的预料当中，我能够从一群科学家那里得到的待遇也就差不多如此。但是我不会发誓。这是原则问题，我不会再多说什么了。”

阿顿看起来很焦躁，无神的眼睛里充满了不安。“说真的，希林，铐上他——”

“拜托！”希林不耐烦地示意他闭嘴，“我认为事情绝不至于到那种程度。拉提美尔刚刚自作聪明地尝试了一把小小的虚张声势，但是我成为心理学家，并不仅仅因为我喜欢这个名头。”他朝教徒咧嘴笑着，“得了吧，你并不是真的认为我会用缓慢的饥饿那么残酷的手段折磨你吧。我亲爱的拉提美尔，如果我把你锁在储物间里，你就不会看到黑暗，也不会看到群星。只要稍微了解一点宗教的基本信条就能知道，群星出现时你躲在见不到它们的地方，意味着你将失去不朽的灵魂。现在，我相信你是一个高尚的人。如果你发誓不采取进一步的破坏行动，我愿意相信你。”

拉提美尔太阳穴处青筋搏动，身形看起来仿佛缩水了一圈，他含含糊糊地说：“我发誓！”紧接着他又在突如其来的怒火中补充了一句：“但是令我欣慰的是，你们都会因为今天的行为而受到诅咒。”他转过身，走向门口一张三腿高凳。

希林朝专栏作家点点头。“坐在他旁边，特雷蒙——走个形式。嘿，特雷蒙！”

然而记者没有动。他的脸色乃至嘴唇都已经变得煞白。“看那儿！”他用颤抖的手指指着天空，声音干涩沙哑。

众人顺着他指的方向看去，不约而同地倒吸一口凉气，然后一动不动地盯着那里，一时间连呼吸声也听不见。

贝塔的一侧缺了一块！

正在蚕食太阳的那一抹黑暗也许还只有指甲的宽度，但是对于凝视着它的观察者们而言，它已经不亚于一道毁灭的裂缝。

他们只看了片刻，之后是一段更加短暂的混乱，接下来人们便紧张有序地行动起来——每个人都在做自己预先安排好的工作。在这种关键时刻，没有时间去多愁善感。众人都不过是有工作要做的科学家，甚至阿顿也转移了注意力。

希林平静地说：“行星的遮挡肯定开始于[1]十五分钟前。略早于预

1. 在地球上，“遮挡的开始”被称为“初亏”，但是正如前面的注释所述，这颗星球上没有这类术语。

期，但是考虑到计算中的不确定因素，我们的结果还算不错。”他环顾四周，蹑手蹑脚地走到特雷蒙身旁，轻轻地拉开了仍在盯着窗外的他。

“阿顿正在气头上，”他低声说，“所以离这里远点。因为拉提美尔闹的乱子，他错过了遮挡的开始，如果你妨碍他的话，他会让人把你扔到窗外的。”

特雷蒙略一点头，坐了下来。希林惊讶地盯着他。

“见鬼，伙计，”他叫道，“你在发抖。”

“嗯？”特雷蒙舔舔干燥的嘴唇，努力笑了一下，“我感觉不太好，真的。”

心理学家的眼神严肃起来：“你没有失去勇气吧？”

“没有！”特雷蒙在瞬间的愤怒中喊了一声，“给我一个机会，好吗？我原本并不真的相信这套废话——反正没有全信——直到这会儿。给我一个适应这个想法的机会。你们已经准备了两个月或者更久了。”

“这一点你说得对。”希林若有所思地回答，“听着！你有家人吗——父母、妻子、孩子？”

特雷蒙摇了摇头：“你的意思是藏身处，我想。不，你不必操心这个。我有一个姐姐，但她在两千里之外。我甚至不知道她的确切地址。”

“那么，你自己呢？你还来得及赶过去，反正他们少了一个人，因为我离开了。毕竟，我们用不着你在这里，而那边有了你——”

特雷蒙疲倦地看着他：“你以为我很害怕，是吗？好，听好了，先生，我是一个新闻记者，我被派来报道新闻。我打算报道这条新闻。”

心理学家脸上露出一丝微笑：“我明白了。职业荣誉，是吗？”

“你可以这么说。但是，老兄。我宁可用我的右胳膊换一瓶那种玉液琼浆，哪怕容量只有你灌下去的那瓶的一半。如果说有一个人需要喝一杯，那个人就是我。”

他没有继续说下去。希林猛地推了他一把：“你听到了吗？注意听！”

特雷蒙顺着对方下巴指点的方向看到了教徒。他仿佛忘记了其他所有人的存在，面对着窗子，一脸兴奋地嘟哝着什么，像是在哼唱。“他在说什么？”专栏作家低声问道。

“他在引用《启示录》第五章。”希林答道，然后又迫切地说，“别说话，认真听，我告诉你。”

教徒忽然间狂热地提高了音量：

“‘在那些日子里，太阳贝塔在运行中孤守天穹的时间越加漫长，直到长达半个运行周期；它萎缩而阴冷，独自照耀着拉格什。

“‘人们聚集于公共广场和高速公路上，或争辩，或惊诧于奇观，因为一种奇怪的忧郁攫取了他们。他们思想混乱，语无伦次，因为人们的灵魂等待着群星的到来。

“‘在特里刚城，在正午时，凡德莱特 2 走上前来，对特里刚的人说：“你们这些罪人！你们蔑视正义之道，但是清算之日终将到来。就在此时此刻，巨洞正前来吞噬拉格什。是的，连同它所包含的一切。”

“‘就在他说话的时候，黑暗巨洞的洞口盖住了贝塔的边缘，于是整个拉格什都看不见了。随着它的消失，人们哭声响亮，他们的灵魂经受着巨大的恐惧。

“‘巨洞的黑暗降落在拉格什，整个拉格什的表面没有一丝光。人们形同盲人，谁也看不见自己的邻居，尽管感觉到对方的气息扑在自己的脸上。

“‘在这黑暗中，显现出无法计数的群星，伴随着那不可言表的美妙乐章，每一片树叶都变成了舌头，在惊愕中呼喊。

“‘在那一刻，人们的灵魂离开了他们，他们被抛弃的肉体变得与畜类无异；是的，就像野兽一般；在拉格什的众城中，他们徘徊在暗无天日的街道上，发出野蛮的叫喊。

“‘这时天火从群星中降临，所及之处，拉格什的城市被彻底焚毁，人类及其功业荡然无存。

“‘便是在那时——’”

拉提美尔的腔调发生了微妙的变化。他的眼睛没有动，但他还是注意到了另外两个人对他目不转睛的关注。他轻松地改变了自己的音色，连呼吸都没有停顿一下，吐字也更加流畅了。

对此始料未及的特雷蒙瞪大了眼睛。那些言辞似乎游移在熟悉与陌生的边界上。口音发生了难以捉摸的变化，元音的重音略有变动，仅此而已——然而拉提美尔说的话已经完全听不懂了。

希林露出了狡黠的笑容。“他换成了某种古老周期的语言，也许是他们的传统第二周期。你知道吗，这就是《启示录》最初被写就时使用的语言。”

“没关系，我已经听得够多了。”特雷蒙靠到椅背上，用已经不再颤抖的双手向后捋了捋头发，“我现在感觉好多了。”

“是吗？”希林似乎有点惊讶。

“我会说是的。我刚刚经历了一阵严重的神经过敏。你的那些话，包括你介绍的引力，加上遮挡开始的景象，差点要了我的命。但是这个”——他用拇指轻蔑地指了指黄胡子的教徒——“这类事情是以前我的保姆跟我讲过的。我一辈子都在笑话这种事。我现在不会让它吓到我。”

他深深吸了一口气，带着紧张的欢乐说：“不过要想保持自己良好的状态，我就得把椅子搬离窗户。”

希林说：“是的，但你最好小声点说话。阿顿刚刚从他一直埋首钻研的那个盒子里抬起头来看了你一眼，那眼神简直能杀了你。”

特雷蒙做了个鬼脸。“我把那个老家伙给忘了。”他小心翼翼地把椅子从窗口搬开，带着厌恶的神情侧过脸去看了一眼，然后说，“我突然想到，肯定有人对这种群星造成的疯狂拥有相当大的免疫能力。”

心理学家没有立即回答。贝塔已经越过了最高点，透过窗户投在地板上的血红色方形光斑已经爬升到希林的大腿上。他思虑重重地盯着它昏暗的颜色，然后弯腰眯起眼睛看太阳本身。

贝塔侧边的缺口已经成长为一块黑斑，覆盖了日面的三分之一。他浑身颤抖，再次站直的时候，红润的脸颊上已经失掉了不少色泽。

带着近乎谦卑的微笑，他也把椅子拉了过来。“萨罗城搞不好正有两百万人打算在一场宏大的觉醒运动中立刻入教。”然后他又用讽刺的腔调说，“宗教即将进入史无前例的繁荣一小时。我相信他们会好好利用的。对了，你刚才说什么？”

“就是这个。教徒们是怎么把《启示录》一个周期接一个周期地保存下来的，以及当初它到底是怎么写出来的？一定有人能免疫，因为如果每个人都疯了，剩下谁来写这本书呢？”

希林悲伤地盯着他的发问者。“好吧，年轻人，没有什么眼见为实的回答，但是我们对发生的事情有一些很好的想法。你看，有三种人可能相对而言不怎么受到影响。首先是那些根本看不到群星的少数人：盲人；还有在遮挡开始时就喝得不省人事，直到结束之后才清醒的人。我们排除掉他们，因为他们算不上真正的目击者。

“其次是不到六岁的孩子，对他们来说，整个世界太新太陌生，因此他们不会太害怕群星和黑暗。它们不过是已经令人惊奇的世界中的又一个奇观。这一点你明白的，对吧？”

对方疑惑地点点头："我想我明白。"

"最后，有些人的心智经历过太过严酷的历练，不会被彻底击垮。这些麻木不仁的人几乎不会受到影响——哦，就像我们一些在劳作中累坏了身体的老农民。那么，孩子们会有些乱七八糟的记忆，再加上那些半疯的傻瓜稀里糊涂、语无伦次的废话，这就构成了《启示录》的基础。

"自然而然，这本书最初是基于那些根本称不上历史学家的人——也就是孩子和傻子的证词；然后在一个个周期当中还可能接受过细致的编辑和再编辑。"

"你觉得，"特雷蒙插话道，"他们是用我们打算用来传续引力奥秘的方法让《启示录》流传了一个个周期吗？"希林耸了耸肩："也许吧，但他们的确切方法不重要。反正他们做到了。我想说的是，这本书即使基于事实，也只是对事实的扭曲。例如，你还记得法罗和依莫特在屋顶钻孔的实验吗——没成功的那个？"

"记得。"

"你知道为什么没有——"他停下来，警觉地站起身，因为阿顿正在向他们走来，表情因为惊愕而扭曲，"怎么了？"

阿顿把他拉到一边，希林能感觉到他的手指在自己的肘部抽搐着。

"不要那么大声！"阿顿的声音低沉而饱含痛苦，"我刚刚通过私人线路得到了藏身处的消息。"

希林焦急地说："他们有麻烦了吗？"

"不是他们。"阿顿特意把"他们"二字说得很重，"他们刚才把自己关起来了，要一直与世隔绝到后天。他们是安全的。但是城里，希林——已经乱起来了。你不知道——"他说不出话来了。

"然后呢？"希林不耐烦了，猛然说道，"怎么了？事态肯定会恶化的。你在抖什么？”然后他又怀疑地说，“你感觉怎么样？”

阿顿的眼中因为这句暗讽而闪过一丝怒火，紧接着他又恢复了焦虑的神色。“你不明白。教徒们在活动。他们挑唆人们来袭扰天文台——承诺他们立即承受恩典，承诺他们获得救赎，什么都承诺给他们。我们要怎么办，希林？”

希林低着头，久久地、出神地盯着自己的脚趾。他用一个指节敲着自己的下巴，然后抬起头干脆地说：“怎么办？有什么好办的？什么都不用办！这里的其他人知道这事吗？”

“不，当然不知道！”

“太好了！那就别让他们知道。离贝塔被完全遮挡还有多长时间[1]？”

“不到一个小时了。”

“没办法，只能赌一把了。组织一帮真正强大的暴民需要时间，而把他们带到这里来需要更多的时间。我们离市区有五里远——”

他盯着窗外，沿着山坡向下看去，农田一直延伸到市郊的一栋栋白房子，都市本身在地平线处模模糊糊——贝塔不断暗淡下去的光芒里，一层薄雾笼罩了都市。

他没有回头，又说了一遍：“需要时间。继续工作，祈祷黑暗先到来。”

贝塔被切成了两半，分界线略微向它仍然明亮的一半隆起。它就像一个巨大的眼睑，正在照亮世界的光源上斜斜地关闭。

他所在的房间里已经听不到人们的窃窃私语，他感受到的只有外面田野里浓重的静谧。就连昆虫似乎也被吓得不敢出声了。一切暗淡无光。

---

1. 用地球人的话说，即“还有多久到全食”。

他被耳边响起的声音吓了一跳。特雷蒙说："有什么不对吗？"

"嗯？呃——没有。坐回椅子上去。我们挡路了。"他们悄悄地回到他们的角落，但是心理学家有一阵子没有说话。他抬起手松开了衣领，前后扭着脖子，却没有找到一个轻松的姿势。他忽然抬头看。

"你呼吸有困难吗？"

记者睁大了眼睛，深呼吸了两三次。"没困难。怎么了？"

"我看窗外太久了，我想。暗淡的光线对我造成了影响。呼吸困难是幽闭恐惧症发作的初期症状之一。"

特雷蒙再次深呼吸。"嗯，我还没有受到影响。对了，另一个伙计来了。"

比内庞大的身躯站在了灯光和角落里的两个人之间，希林焦躁地抬眼看着他："你好，比内。"

天文学家把自己的重心换到另一只脚上，无力地笑笑。"你们不介意我坐下来聊聊吧？我的照相机已经设置好了，在贝塔被完全遮挡之前没什么可做的了。"他停下来看了一眼教徒，后者十五分钟之前从袖子里取出了一本皮革封面的小书，然后一直在专注地阅读它。"那只耗子没惹什么麻烦吧？"

希林摇了摇头。他向后扩着肩膀，皱着眉头集中精力强迫自己均匀呼吸。他说："你呼吸有困难吗，比内？"

比内吸了几口气："我没觉得闷。"

"有点幽闭恐惧症。"希林带着歉意解释道。

"哦——！我的反应跟你不一样。我感觉我的眼睛在向里缩。东西看起来都很模糊——嗯，什么都看不清楚。还很冷。"

"哦，就是很冷，好吧。那不是幻觉。"特雷蒙做了个鬼脸，"我脚趾的感觉就好像我一直在用冷藏车运送它们。”

“我们需要的，”希林说，“是让我们的头脑忙于外部事务。我刚才正要告诉你，特雷蒙，为什么法罗的房顶钻洞实验没得到任何结果。”

“你刚要开始说。”特雷蒙答道。他用双臂抱住膝盖，下巴放了上去。

“嗯，我正要说，他们被《启示录》的字面含义误导了。也许将任何物理意义赋予群星都是毫无意义的。有可能，你知道，在完全黑暗的环境中，人们的心智极度地想要创造出光亮。这种光的幻觉说不定才是群星的本来面目。”

“换句话说，”特雷蒙插言道，“你认为群星是发疯的结果而不是原因之一。那么，比内的照片还有什么用呢？”

“为了证明是那一个幻觉，也许；或者为了证明不是幻觉，就我所知。不过话说回来——”

可是比内把他的椅子挪近了一些，脸上突然现出狂热的神情。“对了，我很高兴你们俩谈了这个话题。”他眯起眼睛，举起一根手指，“我一直在琢磨所谓的群星，我有一个很有意思的想法。当然，这完全是异想天开，我也不打算认真地继续演进，不过我觉得它挺有意思。你们想听吗？”

他似乎并不怎么想说，但希林往后一靠，说：“说吧！我听着呢。”

“那就设想一下，宇宙中还有其他的太阳。”他害羞地停顿了一下，“我指的是距离太远，所以暗得看不见的太阳。听起来好像我读了一些奇幻小说，我想。”

“也未必。不过，根据万有引力定律，引力会暴露它们的存在，这一点难道不会消除你所说的那个可能性吗？”

“如果它们离得足够远就不会，”比内回答道，“真的很远——也许远至四光年，甚至更远。那样我们就检测不到扰动，因为太微弱了。也许有很多太阳离我们很远，大概有一二十个吧。”

特雷蒙吹了声悦耳的口哨。“这么棒的点子要是能用来为星期日增刊写文章就好了。方圆八光年的宇宙中有二十四个太阳。哇！那样我们的宇宙就变得微不足道了。读者们会很买账的。”

“只是个想法，”比内笑着说，“但你明白这里的关键。在遮挡期间，这些太阳会变得清晰可见，因为没有真正的阳光可以掩住它们了。由于离我们很远，它们看起来很小，就像许多小弹珠一样。当然，教徒说有数以百万计的群星，但那也许只是夸张。宇宙中没有足够的地方放得下一百万个太阳，除非它们互相接触。”

希林越听越有兴趣。“你说得有些道理，比内。确实会有夸张。可能你也知道，我们的头脑不能直接领悟任何比五大的数字，超过五以后，只有‘多’的概念。十来个就这样被说成了一百万。这个想法真棒！”

“我还有一个有意思的小想法，”比内说，“你有没有想过，只要你的系统足够简单，万有引力将是一个多么简单的问题？假设在你的宇宙里，行星只绕着一个太阳运行。行星的轨道将是完美的椭圆，引力的确切性质会显而易见，乃至可以被认为是一个公理。在那样的世界上，天文学家可能在发明望远镜之前就已经弄明白引力了。肉眼观察足矣。”

“但是那样的系统会动态稳定吗？”希林表示质疑。

“当然！他们称之为‘一对一’情形，相关细节都已经被计算出来了，但我感兴趣的是其哲学含义。”

“这么考虑一下确实不错。”希林表示认同，“作为一个抽象概念——就像是完美的气体或者绝对零度。”

“当然。”比内继续说，“有个问题，就是这样的星球上不可能有生命存在。它得不到足够的热和光。如果它旋转，那么每天都有一半的时间是完全黑暗的。在这种情况下，你根本无法指望生命的发展，因为从根本上说，生命依赖于光。另外——”

希林猛然起立，椅子都被撞得翻倒在地，比内的话被他粗暴地打断了。“阿顿把光源拿出来了。”

比内说：“嗯。”他转身去看，然后露出了宽慰的笑容，嘴巴几乎咧到了脑袋后面。

阿顿怀里抱着六根一尺长、一寸粗的棍子，盯着聚集过来的工作人员。

“所有人继续工作。希林，快来搭把手！”

希林小跑到老人身边，然后两个人一句话不说，一根接一根地把棍子插到墙上的临时金属盒里。

带着在宗教仪式中传递圣物的态度，希林将一根粗大的火柴擦出了噼啪作响的火焰，然后交给阿顿，后者用火焰碰触一根棍子的顶端。

有那么一会儿，火焰看似徒然地环绕着棍子顶端，然后突然间，明亮的火光伴着噼里啪啦的响声把阿顿布满皱纹的脸染成了黄色。他抽回火柴，不由自主的欢呼声震得窗户嘎嘎作响。

棍子上闪耀着六英寸长摇曳的火焰！其他几根棍子都被有条不紊地点燃，最后六支相互独立的火把把房间的后部照成了黄色。

火光暗淡，甚至不及微弱的阳光。火焰狂乱地翻滚，屋中暗影飘摇，有如酒醉。火把冒出的浓烟气味仿佛厨房里糟糕的一天。但是它们能发出黄色的光。

经过了贝塔四个小时幽暗致郁的照射，这些黄光还是很美好的。就连拉提美尔都从书上抬起视线，惊奇地盯着看。

希林在最近的火焰旁边暖手，毫不在意聚集在手上的灰色烟尘，他心醉神迷地喃喃自语：“漂亮！漂亮！我以前从未意识到黄色是多么奇妙的颜色。”

但是特雷蒙怀疑地盯着火把，因为火焰发出的臭气皱着鼻子。他问：“它们是什么材料做的？”

“木头。”希林简短地答道。

“哦，不，才不是木头。它们并没有燃烧。最上面的一寸烧焦了，火焰却还在平白无故地冒出来。”

“这正是绝妙之处。这是一种非常有效的人造光机制。我们做了几百根，不过大多数当然都送到了藏身所。你看”——他转过身，用手帕擦着他熏黑的双手——“你把粗芦苇的瓤取出来，使其彻底干燥，浸泡在动物油脂里面。然后点燃它，油脂就能一点一点地燃烧。这样的火把可以持续不断地燃烧几乎半个小时。很有创意，是不是？它是我们萨罗大学的一个年轻人发明出来的。”

短暂的喧闹之后，穹顶安静了下来。拉提美尔把他的椅子拉到一支火把的正下方继续看书，嘴里还在喋喋不休地吟诵着献给群星的单调祈祷。比内去了一趟他的照相机那边，特雷蒙抓住机会为他要在次日的萨罗市《纪事报》上刊登的文章加了几条笔记——过去两个小时里他一直在这么做，非常有条不紊，非常认真仔细，同时他很清楚，这完全没有意义。

但是，希林眼中闪现的兴味表明，认真记笔记能让他的头脑被其他的事情占据，从而注意不到天空正在逐渐变成可怕的深紫红色，就像是一棵刚刚去了皮的巨大甜菜；所以它还是达到了目的。

空气多少变得浓重了一些，如同一个看得见摸得着的实体。黄昏进入了房间，火把周围舞动的黄色火光在愈加沉重的昏暗当中越来越明晰。火把燃烧时散发出烟味和轻笑似的声音。此外还有某人环绕他工作用的桌子走动时，轻柔而犹豫的脚步声，以及某人试图在一个正在没入阴影的世界中保持镇静时偶尔的吸气声。

第一个听到外界噪声的是特雷蒙。如果不是因为穹顶内的死寂，没人会注意到那么模糊而无规则的声音。

记者坐直并放回了他的笔记本。他屏住呼吸，凝神静听；然后带着相当大的不情愿，经过望远镜和比内的一部照相机之间，站到了窗前。

他的惊叫把沉默撕成了碎片：

“希林！”

人们停下了工作！心理学家很快就来到了他身边。阿顿也跟了过来。即使是端坐在巨大的望远镜目镜后那把小躺椅上的依莫特70也停了下来，往下看过来。

外面的贝塔只剩下一块阴燃的碎片，正向拉格什投下绝望的最后一瞥。东方的地平线上，城市已经隐没在黑暗中，从萨罗市到天文台的道路是一条暗红色的线条，路两旁的大片林地中已经分辨不出单独的树，只有一团连续的暗影。

但是引起人们注意的是公路本身，因为路上出现了另一团无比险恶的阴影。

阿顿用嘶哑的声音喊道：“城里过来的疯子！他们已经到了！”

“贝塔还有多久被完全遮住？”希林问道。

“十五分钟，但是……但是他们五分钟之内就会到。”

“没关系，让大家继续工作。我们能挡住他们。这个地方建得像堡垒一样。阿顿，留心我们年轻的教徒，以防万一。特雷蒙，跟我来。”

希林出了门，特雷蒙跟在他身后。旋梯以局促的弧度围绕着中央天井向下延伸，消失在阴冷凄厉的幽暗当中。

凭着一开始的那股冲劲，他们一口气跑下了五十尺，于是从屋顶敞开的门里透出的朦胧而闪烁的黄光消失了，而上方和下方都有阴沉的暗影向他们压过来。

希林顿了顿，用胖乎乎的手抓了抓自己的胸口。他瞪着眼睛，发出一声干咳。“我不能……呼吸……你……自己下去吧。关上所有的门——”

特雷蒙下了几级台阶，然后转身。“等一等！你能坚持一会儿吗？”他气喘吁吁，进出肺部的空气犹如浓稠的糖浆，一想到要独自一人走进下面神秘的黑暗中，令人尖叫的恐慌便要在他心中生根发芽。

特雷蒙终归也是害怕黑暗的！

“待在这儿，”他说，“我很快就回来。”他一步两级地向上跑去，心脏跳得厉害——并不仅仅是因为剧烈的活动——他一头撞进穹顶，从支架上抓住并抽出一支火把。恶臭和烟雾熏得他眼睛几乎失明，但是他紧紧地抓着火把，好像开心得想要吻它。他再次冲向楼下的时候，火焰被吹向了他的身后。

特雷蒙朝他俯下身子的时候，希林睁开眼睛呻吟着。特雷蒙粗暴地摇晃着他。“好了，打起精神来。我们有光了。”

他踮着脚尖高举火把，用胳膊肘架住几乎站立不住的心理学家，在火把照出的保护圈中朝楼下走去。

一楼的办公室里仍然有一些光亮，特雷蒙感觉自己的恐惧有所缓解。

“拿着。”他粗鲁地说着，把火把递给希林，“你能听到外面那些人的声音。”

他们可以听到，零零星星嘶哑而无意义的叫喊。

不过希林说得对，天文台建得像堡垒一样。这座新加沃特风格的丑陋建筑于上个世纪拔地而起，其设计考虑的是稳定性和耐久性，而不是美感。

窗户上全都有栅栏保护，那一根根粗达一寸的铁条深深地扎在混凝土梁里。墙壁是坚固的砖石结构，遇到地震也不会倒塌。大门是一面巨大的橡木板，关键位置有钢板加固。特雷蒙抬起门栓，哐的一声关上门。

在走廊的另一端，希林有气无力地骂了一句。他指着后门上被撬得基本上已经报废的锁。

“拉提美尔一定是从那里进来的。”他说。

“哦，别站在那儿。”特雷蒙不耐烦地喊道，“帮我把家具拉过来，把火把从我眼前拿开。我快被烟给熏死了。”

他一边说着一边把沉重的桌子抵在门上，然后在两分钟内搭建了一个仅仅追求重量而没有一丝美感与对称性的路障。

远远的某个地方，他们能隐约听到赤手空拳击打门的声音。来自外面的尖叫和呼喊仿佛半真半假。

来自萨罗市的暴民心中只有两件事：通过破坏天文台得到宗教的救赎，以及令他们麻痹而疯狂的恐惧。他们没有时间去考虑地面车辆、武器，或者领导甚至组织。他们步行前往天文台，赤手空拳袭扰它。

此刻他们已经到来。贝塔最后的光芒，最后一团红宝石色的火焰，还在无力地摇曳着。在它的照耀下，人类只剩下赤裸裸而无处不在的恐惧！

特雷蒙呻吟道：“咱们回穹顶吧！”

穹顶里，只有望远镜前的依莫特还待在自己的位置上。其余的人都聚集到照相机周围，比内正用嘶哑紧张的声音发出指令。

“全体都听好了。我要在贝塔被完全遮挡之前给它拍照，还要更换感光板。这样的话，每台相机都要由你们当中的一个人操作。你们都知道……曝光的大体时间——”

众人用一阵气喘吁吁的低语表示同意。

比内用一只手遮住他的眼睛。“火把还在燃烧吗？算了，我看得见它们。”他紧靠在椅子后背上，“记住，不要……不要试图寻找好照片。不要为了尝试把两颗星放在同一个视野里而浪费时间。一颗就够了。还有……如果你觉得自己要撑不住了，就离开相机。”

在门口，希林小声对特雷蒙说：“带我去阿顿那儿。我没有看见他。”

记者没有立即回答。天文学家的身影模糊而摇晃，头顶的火把已经只剩下黄色的斑点。

“黑了。”他抽噎着说。

希林伸出手，“阿顿。”他跌跌撞撞地向前走去，“阿顿！”

特雷蒙走在后面，抓住了他的胳膊。“等等，我带你去。”不知怎的，他穿过了房间。他闭上眼睛抵御黑暗，也关闭了心智抵御其中的混乱。

没有人听到他们讲话，或者注意到他们。希林撞到墙壁上。“阿顿！”

心理学家感到一双颤抖的手碰到他，然后抽回，一个声音说：“是你吗，希林？”

“阿顿！”他努力正常地呼吸，“别担心暴民。这个地方会把他们挡在外面。”

教徒拉提美尔带着因绝望而扭曲的神情站起身来。他已经发过了誓，打破它就意味着把他的灵魂置于致命的危险之中。然而那句话是他被迫说出来的，并非出于自由意志。群星马上就要出现，他不能袖手旁观——然而他已经发了誓。

比内抬头仰望贝塔最后的光芒，面色微微泛红，拉提美尔看到他在相机上方弯着腰，便拿定了一个主意。他紧张起来，指甲掐进自己手掌的肉里。

他向前冲去，一开始身体摇晃得厉害。在他前面除了阴影什么都没有，他脚下的地板仿若虚幻。这时有人扑到了他身上，他被人掐着喉咙跌倒在地。

他蜷起腿，用力蹬袭击他的人。“让我起来，否则我就杀了你。”

特雷蒙尖声叫喊，然后在令人眩晕的剧痛中低语：“你这个食言的鼠辈！”

新闻记者似乎一下子就明白了一切。他听到比内的喊声：“我拍到了。你们回到相机那里！”然后他有一种奇怪的感觉：最后一缕阳光已经彻底消散，无迹无踪。

同时他听到比内发出最后一声带着哽咽的喘息；希林古怪地低声呼叫；有人在粗声粗气、歇斯底里地笑——以及突然的寂静，外面陷入了奇怪而死寂的沉默。

在他放松下来的抓持中，拉提美尔的身体变软了。特雷蒙瞥了一眼，看到教徒正用空洞的眼神盯着上方，眼睛里映着火把微弱的残光。他看到拉提美尔嘴唇上有泡沫，听到他喉咙里发出了野兽般的低吟。

带着悄然滋生的恐惧，他用一只手臂撑起了自己，抬眼看向窗外如血一般凝重的黑暗。

群星正在黑暗中闪烁！

不是地球上肉眼能看到的三千六百颗微弱的星星——拉格什位于一个巨型星团的中心。三万颗恢宏的太阳构成了一幕摄人心魄的瑰丽景象，而这景象却又冷漠得可怕，甚于在冰冷、凄清的世界上呼啸而过的凛冽寒风。

特雷蒙挣扎着站起来。他喉咙发紧，难以呼吸，全身所有肌肉都在强烈的恐怖和难以忍受的恐惧中抽痛。他快要发疯了，而且他知道这一点，内心深处一点健全的神志在尖叫，奋力抗拒着黑色恐惧的无情泛滥。在自知的情况下发疯是一件非常可怕的事情——你知道在很短的时间内，你的肉体仍将存在，但是所有真正的本质将会死亡，被暗无天日的疯狂吞没。因为这是黑暗——黑暗、寒冷和毁灭。宇宙明亮的围墙被粉碎了，可怕的黑色碎片掉落下来，要压碎、挤榨、毁灭他。

他碰上了某个用手和膝盖爬行的人，但跌跌撞撞地从他身上跨了过去。他用双手摸索着他自己饱受折磨的喉咙，一瘸一拐地走向火把，在他疯狂的视野当中，除了火焰已经别无他物。

“光！”他叫道。

阿顿正在某个地方哭泣，剧烈的呜咽令他听起来像个吓坏的孩子。“群星——那么多的星——我们根本不知道。我们什么都不知道。我们认为宇宙中六颗星是群星没有注意到是永远的黑暗永远永远墙壁在塌进来我们不知道我们不可能知道任何——”

有人抓住火把，它掉下来熄灭了。就在这一刹那，冷漠群星可怕的光辉扑到了离他们更近的地方。

窗外的地平线上，萨罗市的方向，一片红光开始变大变亮，那并不是太阳的光芒。

漫漫长夜已然再临。

（秦鹏　译）

卖出科幻的人[1]

20 世纪 30 年代晚期到 40 年代，包括阿西莫夫在内的许多新生作家，都是作为坎贝尔的作者起步的，但罗伯特·A. 海因莱因则一开始就是独立的。不过此人恰好跟坎贝尔对于科幻小说“应该是什么样”的理念相合。

而且，科幻小说当时已经准备好了前往数之不尽的新领域拓荒。它所缺的只是一位带头人，一位能独当一面的人物，1960 年代的凡尔纳，1990 年代的威尔斯，2010 年代的巴勒斯都曾担当过这样的角色。坎贝尔作为一位看门人、教练兼啦啦队队长，能从这些角度对科幻的演变施以非同寻常的影响，但他没法一个人打满全场；他和斯特里特与史密斯出版公司的协议部分就是为此而来。

海因莱因正是那个应运而出之人。

威尔斯曾坦承机遇在他的成功中起到的作用。在他的《自传实验》一书中，他这样写道：“19 世纪的最后一个 10 年，是个对新作

1. 标题化用海因莱因名作《卖出月亮的人》（或译《出卖月亮的男人》）。

家格外有利的时机；我个人的好运和这一整代有志者的运势是分不开的……人们需要新鲜的书籍，新生的作者。”

当海因莱因在军中前途无望，精力无处发泄，需要找到一个理想的出口之际，科幻小说对他也起到了类似的作用。海因莱因出生于密苏里州巴特勒市，就读于堪萨斯的学校，1929 年从海军学院毕业，在同年的 243 人中排名第 20。他进入现役，担任一线军官，直到 1934 年由于结核病造成的永久性伤残退役。他试图完成自己的夙愿，去研究天文学，但在加利福尼亚大学洛杉矶分校攻读研究生期间，他再度因为健康原因不得不中断学业。接下来的几年当中，从政，开采银矿，搞建筑，还有房地产生意，海因莱因一一试过。

1939 年，他注意到《惊险神奇故事》杂志上刊登了一则短篇故事业余比赛的启事。他从儿童时代就是科幻读者，因此决定参加比赛。但当故事写完之后，他觉得这故事的价值超出了比赛开出的 50 美元奖金价值，于是将它投到了《科利尔》杂志，后来又改投了《惊异》，坎贝尔为这篇故事付了他 70 美元。

对于加入科幻作家这一群体来说，这是最好的时代，也是最坏的时代。合众国此时刚开始让自己从大萧条中挣扎出来，但战争的阴云已笼罩欧陆。科幻小说界出现了一段小规模的繁荣：除了原本的“三巨头”《惊奇故事》、《神奇故事》和《惊异》之外，1938 年多出了《惊人科学故事》[1]（*Marvel Science Stories*），1939 年又多出了《惊人故事》、《奇幻神秘名作》、《诧人故事》（*Astonishing Stories*）、《超级科学故事》、《奇幻冒险》（*Fantastic Adventures*）、《行星故事》（*Planet Stories*），《科幻小说》（*Science Fiction*），以及《未来小说》（*Future Fiction*）[2]。

1. 1938—1941 年间发行的科幻杂志，1950—1952 年间曾再度发行。
2.《科幻小说》和《未来小说》是姐妹刊，1942 年合并。

1938年，奥森·威尔斯根据威尔斯的小说《世界大战》改编的广播剧让整个国家都惊慌失措。

然而，此时几乎没有科幻单行本出版，选集也毫无机会，除了科幻杂志之外科幻小说再没有别的发表途径，也几乎不存在科幻电影：在1925年的《失落的世界》之后，有《隐身人》（1933）和《笃定发生》[1]（1936），它们曾激起了人们一时的兴趣，但之后差不多15年当中科幻影片寥寥无几，仅有的几部引起的反响也为时短暂。

海因莱因参与了改变这一切的行动。在将科幻小说推销给广大普通读者的过程中，他在很多方面都起到重要作用。起初的两三年当中，他以自己在《惊异》上发表的作品（他还有几篇故事悄悄用别的笔名投到其他杂志）确立了自己作为当代顶级科幻作家的地位。他早期的作品是一系列在相对比较近的未来发生的故事；它们有着共同的设想框架，坎贝尔将其称为"未来史"（"Future History"，并在1941年正式发表了这个名字）。这个阶段海因莱因创作的此类小说包括：《不合群的人》（"Misfit"）、《安魂曲》（"Requiem"）、《如果这样下去》（*If This Goes On*）、《道路滚滚向前》（"The Roads Must Roll"）、《考文垂》（"Coventry"）、《爆炸总会发生》（"Blowups Happen"）、《宇宙》，以及《玛土撒拉的孩子们》（*Methuselah's Children*）。

在第二次世界大战期间，海因莱因作为一名平民工程师在美国费城海军基地的海军航空实验站工作（并说服德·坎普和阿西莫夫也去了那里和他并肩工作）。战争结束后，海因莱因需要突破一些新的障碍。

第一道障碍是那些高档杂志——《星期六晚邮报》和类似的一些杂志，如今它们都已不复存在——几乎不会刊载科幻小说。这时

1. 英国电影。根据威尔斯小说《未来事物的形态》改编。

海因莱因的一系列故事开始出现在杂志上：《星期六晚邮报》、《阿尔戈西》、《城市与乡村》、《蓝皮书》、《少年生活》，还有《美国退伍军人杂志》。上流杂志不再像以前那样习惯性地把科幻小说拒之门外，好将自己跟那些低级的同类区分开来，它们印刷用的是铜版纸而不是纸浆纸（并且能售出数百万份而不是几十万份）。

第二道障碍是书籍出版商。这道墙上的第一条裂缝是二战期间和随后由选集编纂者们打开的。第二条则是几年后由科幻迷打开，接着又被老牌出版社加以扩大的。海因莱因的成年读物被多家出版社发行：幻想出版社、诺姆出版社、沙斯塔出版社，然后是双日出版社和普特南出版社。

第三道障碍是人们之前始料未及的：青少年。海因莱因为斯克里布纳出版社写了《伽利略号火箭飞船》（*Rocketship Galileo*，1947）和《太空军校学员》（*Space Cadet*，1948）。这两部小说以及他之后创作的青少年小说代表着引导青年一代入门科幻的努力。在之后的 10 年当中，他每年还会创作一部青少年小说。这些小说不仅在经济上是成功的，而且，由于他掌握了写作的窍门，在艺术上也同样成功。其中一些小说［《星兽》（*The Star Beast*）、《银河系公民》（*Citizen of the Galaxy*）、《有太空服——乐意出行》[1]（*Have Spacesuit—Will Travel*）、《星船伞兵》（*Starship Troopers*）和《火星的波德凯妮》（*Podkayne of Mars*）］还会在科幻杂志上连载。随着斯克里布纳出版社拒绝了《星船伞兵》，这一阶段也走向了终点——海因莱因将稿子改投给了普特南出版社。

《伽利略号火箭飞船》还带来了另一个突破。小说中的部分内容被纳入了 1950 年的电影《登陆月球》（*Destination Moon*）。海因莱因

---

1. 有中译本名为《穿上航天服去旅行》。

和两位合作者共同创作了剧本；乔治·帕尔任制片。科幻电影历史研究者约翰·巴克斯特（John Baxter）将这部影片视为 1950 年代科幻电影繁荣期的起点。

海因莱因的终极成就是作为科幻小说家创作了第一部在社会上大获成功的小说——《异乡异客》（*Stranger in a Strange Land*, 1961）。尽管它取得大部分销量是以平装本的形式［第一部精装本畅销科幻小说被认为是弗兰克·赫伯特[1]（Frank Herbert）的 1977 年版《沙丘之子》（*Children of Dune*）］，但它和《蝇王》《第二十二条军规》《魔戒》一样成为部分读者顶礼膜拜的经典。小说中对性事的直白描述可能对之后的科幻小说有脱去桎梏之功。在《异乡异客》之后，海因莱因有多本小说冲上了精装版畅销榜，特别是《星期五》（*Friday*，1982），在诸多更为个性化的小说中回归到他早期成功的模式。

海因莱因拥有的最大财富是他的职业态度，他求知和成长的能力，以及他对开拓新天地的热望。他的作品展示出他对正义和规则的坚定信念——以及，对自由至上主义、军国主义和精英主义（他被视为将性哲学带入科幻领域的第一人，也是将政治哲学带入科幻领域的第一人）的坚信，后面这些无疑颇有可议之处——尽管他的作品千变万化，用他的作品中某个人物所赞同的哲学或者态度来给他打上标签恐怕很难说是公正的。不过，海因莱因比任何其他作家都更有能力以数量有限的细节来有说服力地展示出精心设计的、将整个社会囊括其中的故事背景。这种技巧和他全盛时期那种叙述布局以及简练而有力的散文体一起，为后来的科幻小说作者们提供了可以师法的样板。

---

1. 美国最具影响的科幻巨匠之一，代表作有《沙丘》等。

《安魂曲》(起初发表于1940年1月号的《惊异》)在1950年沙斯塔出版社发行的《卖出月亮的人》(*The Man Who Sold the Moon*)一书中作为最后一段故事被再度刊发。但它作为安魂曲，纪念的只是自从20世纪开始到那之前的科幻小说，以及人类想要抵达天空中那宏大而灿烂的世界的千年旧梦。它更是个发射场，一种新的科幻小说由此升空，它会在银河中寻求外星人和冒险，寻求人类的延续和梦想，以及人类的全新定义。

(何锐　译)

安魂曲

[美国] 罗伯特·A. 海因莱因

在萨摩亚的高山上，有一座坟墓。墓碑上刻着这些字：

在那辽阔的星空下，
为我掘好坟墓，让我长眠。
我生乃欢，死亦无憾。
我在此安息，立此遗愿：

“这些话，请刻在我的墓碑上：
他在此安息，这是他心之所向，
如同水手从海上归来；
如同猎人从山上返乡。”

这些字也出现在了另一个地方——潦草地写在一个从压缩气瓶上撕下来的货运标签上，被一把小刀插在地上。

就正常标准而言，这算不上是个集市。连赛马比赛都无法引起人们的兴趣，即便有好几位参赛者宣称自己的马有传奇赛马丹·帕奇的血统。马戏团广场上，帐篷和小摊零散地支着，摊贩们都无精打采，兴致缺缺。

D. D. 哈里曼的司机不明白为啥要在这儿停下。他们原本要赶去堪萨斯城参加董事会议；准确来讲，是哈里曼先生要去参加会议。司机着急赶路有他自己的原因，和十八街的黑人社区[1]有关系。可是老板不但在这儿下车，还四处溜达起来。他似乎对赛马和路边演出没什么兴趣。

在赛马跑道的另一头，有一大块封闭的场地，入口处插着彩旗，挂着帆布。帆布上用红色和金色颜料写着以下字样：

欢迎光临

月球火箭！！！！

亲眼看它起飞

公开飞行展示

每日两次

这是人类第一次登陆月球时乘坐的火箭

如假包换

你也可以坐进去！

只要二十五美分！

一个九岁或十岁的男孩在门口晃悠，盯着海报看。

“想去看看这飞船吗，孩子？”

孩子的眼睛亮了：“啊，先生，我当然想看！”

---

1. 堪萨斯城十八街是有名的爵士乐区，司机应当是要去听爵士乐。

“我也想。一起来吧。”

哈里曼用五十美分买了两张粉色的票，和小男孩一起进到棚里，看那艘宇宙飞船。男孩跑在前头，带着孩童特有的心无旁骛的专注。哈里曼仔细打量着飞船卵形的船身，欣赏它敦实光滑的曲线。凭借专业知识，他判断出这艘船是单引擎驱动的，分级操纵器位于中腹部。他眯起眼，透过镜片，看见大红色船身上的金色字样——无忧号。他又花了二十五美分，进到驾驶舱里。

操作台的光线过滤器让舱内显得格外昏暗，他适应了一会儿，随后满怀爱意地望向操作台上的各种按键，以及上方半圆形的仪表台。每一件心爱的小玩意儿都在它应处的位置上。他熟悉每一件——它们已经深深地印在了他的心里。

他看着仪表盘，沉浸在惊叹之中，感到一阵满足的暖流流遍周身。此时，驾驶员走了进来，碰了碰他的胳膊。

“不好意思，先生。我们马上要起飞了。”

“啊？”哈里曼从遐想中回过神，看向说话者。是个英俊的小伙子，容貌俊朗，肩膀宽阔，眼睛和嘴巴长得有些玩世不恭的样子，但下巴看上去很牢靠。“噢，对不起，船长。”

“没关系。”

“哎，是这样，船长……您怎么称呼？”

“麦金泰尔。”

“麦金泰尔船长，请问这次飞行能否带一个乘客？”老人身子前倾，显得很迫切。

“啊，当然，如果您想的话。请随我来。”他带着哈里曼进到大门旁边挂着“办公室”牌子的房间。“医生，这儿有位乘客需要体检。”

医生在哈里曼的胳膊上绑了根橡皮带，用听诊器靠着他瘦削的胸口听了一会儿。随后，他解开橡皮带，看向麦金泰尔，摇了摇头。

“不行吗，医生？”

“不行，船长。”

哈里曼看看医生，又看看船长，失望之情显而易见。“您不能带上我吗？”

医生耸耸肩。“我无法保证您能活着挺过发射阶段。是这样的，先生，”他继续说道，语气和缓，“您的心脏状态不佳，加速带来的压力对您来说很危险。您年纪大了，骨头也脆，高度钙化，起飞时的冲击可能会让您骨折。火箭飞行是年轻人的运动。”

麦金泰尔也说道：“对不起，先生，我很想带您去。但医生受雇于贝茨县集市协会，他的职责就是确保我携带的乘客不会在加速过程中受伤。”

老人的肩膀无力地垂下，“我大概猜到会这样。”

“抱歉，先生。”麦金泰尔说完，转身想走，但哈里曼跟着他出了房间。

“不好意思，船长——”

“什么事？”

“这次飞行之后，我能邀请您，和您的……嗯……机械师，一起用晚餐吗？”

飞行员疑惑地打量着老人：“当然可以。谢谢。”

“麦金泰尔船长，我真想不明白，为什么您会从地月航线辞职？”哈里曼说道。几个小时之后，他们身在巴特勒小镇上最好的一家餐馆的包间里，餐桌上摆着炸鸡和热乎乎的饼。这是一家三星级的亨尼斯和科罗纳·科罗纳斯饭店，环境宜人，三人可以自在地交流。

“哎，我不喜欢这活计。”

“嘿，少来那套，麦克。你明明知道自己是因为违反 G 规定才被扫地出门的。”麦金泰尔的机械师一边给自己倒白兰地，一边说道。

麦金泰尔看起来闷闷不乐。“怎么了？我就喝了几杯而已。况且本来我是可以摆平这事儿的——这些严苛的、该死的规定真是烦死我了。喂，你还有资格挤对我？你这个走私犯！”

“是，我走私了，谁又没这么干过？月球上有那么多漂亮的石头，满心盼望着被捡回地球。我曾经搞到过一块钻石，大的就跟——如果我没被逮住的话，这会儿已经在月之城了！你也是，你个醉鬼！在那儿，男孩会给我们买酒，女孩会笑着向我们发出邀请——”他埋下头，轻声啜泣起来。

麦金泰尔推了推他：“这家伙醉了。”

“没关系。”哈里曼插话，“告诉我，你真的满足于现在的生活吗？”

麦金泰尔咬了咬嘴唇。“不——他是对的，他当然是对的。这巡回演出根本不像他们吹的那样。我们沿着密西西比河谷上上下下，从一个垃圾堆跳到另一个垃圾堆，睡在游客营地里，吃在廉价餐馆里。有一半的时间，治安官会找碴把我们的船扣押起来，另一半的时间，什么禁止团体又会搞来禁令，不让我们上天。这哪是宇航员过的日子。”

“如果让你重新飞上月球呢？会好些吗？”

“哦，那当然了。我没法再回地月航线了，但如果是在月之城，我可以搞到给公司运矿石的工作——货船飞行员永远不够用。他们也不会在意我的前科。只要我不再犯事，他们甚至会让我回来跑客运，总有这么一天的。”

哈里曼摆弄了一会儿汤匙，然后抬头看向他：“你们两位年轻人愿不愿意接份工作？”

“可能吧。是什么工作？”

“‘无忧号’是你们的船？”

“是的，事实上，它是我和查理的船——虽然身上背着几道扣押令。它怎么了？”

“我想把它租下来——好让你和查理把我带到月球！”

麦金泰尔摇摇头：“我不能这样做，哈里曼先生。这艘老船已经破破烂烂了。我们用的燃料甚至都不是标准燃料——只用汽油和液化空气。查理整天捣鼓它，东修西补的。这船说不定哪天就炸了。”

“那个，哈里曼先生，”查理插话道，“为什么不弄个短途旅行许可证，然后乘公司船过去？”

“不行，孩子，”老人回答道，“我不能这样做。你知道，当国会给我们公司独家月球开采权时，他们也附加了条件——体能不合格的人不能进入太空，公司要为所有去到大气层外的人的健康安全负全责。这个条件是为了避免出现大量的人员伤亡，就像火箭旅行的最初那几年。”

“而您无法通过健康检查？”

哈里曼摇摇头。

“好吧，管它呢——如果您能雇得起我们，为什么您不索性塞点钱，改公司文件？有人这么干过。”

哈里曼苦笑着说道：“我知道有人这么干过，查理，但我不行。要知道，我有点太出名了。我的全名是德洛斯·D. 哈里曼。”

“什么？您就是那个老 D.D.？但是，活见鬼，您拥有这公司的大部分股份，应该能为所欲为才对，还管什么规定呢！”

“很多人都这么以为，但这种想法不太正确。富人并不比其他人更自由；事实上，他们更不自由——不自由得多。我曾经尝试这么干过，但其他的董事不允许我这样做。他们害怕会失去特许权。显然，他们花了不少的，嗯，政治联络费用，去留住特许权。”

“嚯，我是长见识了——你能相信吗，麦克？这么有钱的人，居然不能想怎么花就怎么花？”

麦金泰尔没回话，而是等着哈里曼继续说。

“麦金泰尔船长，如果你有一艘船的话，你愿意带上我吗？”

麦金泰尔挠挠下巴。“这是违反法律的。”

“我会让你发现这一切是值得的。”

“他当然会的，哈里曼先生。您也会的，麦克。月之城！喔，我的宝贝！”

“您为什么这么想去月球，哈里曼先生？”

“船长，这是我这辈子唯一一件一直想做的事情——从童年一直到现在。我不确定能不能向你解释清楚。你们年轻人看待火箭飞行，就像我当年看飞机一样。我比你们年长太多了，大了可能得有五十岁。当我还是个孩子的时候，谁都不相信人类能有登陆月球的一天。你们从小就熟悉火箭，人类第一次登陆月球的时候，你们甚至还没到法定投票年龄。可当我还是个孩子的时候，人们却对这类想法嗤之以鼻。

“但我一直相信着——坚定不移。我读凡尔纳、威尔斯和史密斯的小说，我坚信，人类终有一天能到达月球——我们一定能做到。我早就下定决心，一定要到月球表面走一走，去看看她的另一面，还要站在月球上回望地球，看看她高挂在天穹之上的模样。

“我曾经省下午饭钱，去给美国火箭协会交会费，因为我相信，我这是在为宇航事业做贡献，让人类登陆月球的一天更快到来。可当那一天到来的时候，我已经是个老人了。我活得够久了，但我不想死——我绝不会死！——直到我踏上月球那天为止。”

麦金泰尔站起身，伸出手：“您去找艘船吧，哈里曼先生，我来驾驶。”

“好样的，麦克！我告诉你他会答应的，哈里曼先生。”

在向北前往堪萨斯城的一个小时的路程中，哈里曼时而沉思，时而打盹。年纪大了，他的瞌睡很轻，睡得并不安稳。在飘忽不定的梦境中，他梦见自己漫长人生中的许多事情。

有那么一回——哦，对了，那是1910年——一个温暖的春日夜晚，一个小男孩问他的父亲：“那是什么，爸爸？”

“那是哈雷彗星，宝贝。”

“它从哪来？”

“我不知道，儿子。天上很远的地方吧。”

“它真是太太太太——美了，爸爸！我想摸摸它。”

“恐怕不行，孩子。”

“德洛斯，你是想就这么告诉我，你把我们存来买房的钱全投进那个莫名其妙的火箭公司里了？”

“好了好了，夏洛特，别这么说。那不是个莫名其妙的公司，这笔投资很合理。用不了多久，火箭就会飞得满天都是，船和火车会被淘汰。想想那些有远见去投资亨利·福特公司的人，他们现在的日子过得多好！”

“我们以前讨论过这件事情。”

“夏洛特，终有一天，人能够离开地球，去到月球，甚至是其他行星。现在只是个开始。”

“你一定要大喊大叫吗？”

“对不起，但是你——”

“我已经觉得头疼了。你一会儿睡觉的时候脚步轻些。”

他没去睡觉。他在走廊上坐了一整晚，看着一轮满月缓缓划过夜空。他知道明天早上得应付一波狂风骤雨，和随之到来的难耐沉默。但他不会放弃自己的想法。他已经放弃了太多的事情，但这件事，他不会放弃。夜晚是属于他的。他在月亮的面庞上寻觅。危海在哪呢？奇怪，他竟找不到了。他以前是可以找到的，当他还是个孩子的时候，简直轻而易举。可能他需要换眼镜了——一直做文案工作对眼睛不好。

但是，即使不用眼睛去看，他也知道它们在哪：危海，丰富海，静海——它的曲线让人心旷神怡！——还有亚平宁山脉，喀尔巴阡山脉，那古老的、泛着神秘光彩的第谷坑。

地月距离是二十四万英里——是地球赤道长度的十倍。这一点距离，人类当然是可以跨越的。有什么不行的呢？他只要伸出手去，似乎就能触摸到它，靠着月球上的榆树打盹儿。

但他不知道该怎么跨越这个距离。他没受过相关的教育。

“儿子，我想跟你好好谈谈。”

“好的，妈妈。”

“我知道你明年想要上大学。”——想要！他这辈子都奔着这个目标，去芝加哥大学，跟着莫尔顿[1]学习，然后去耶克斯天文台，直接为弗洛斯特博士工作——“我也想让你上大学。但你爸爸走了，妹妹们也一天天长大，养活这一家越来越难了。你一直是个好孩子，也一直努力地补贴家用。你能理解的，对吧？”

“是的，妈妈。”

“号外！号外！平流层火箭抵达巴黎！这儿有你想知道的一切！”

---

1. 美国天文学家。

一个戴着眼镜的瘦小男子抓了张报纸，急匆匆地返回办公室。

“看这个，A.J.。”

“啊？哦……挺有意思的，怎么了？”

“你不明白吗？下一步就是去月球了！”

“天哪，你真是走火入魔了，德洛斯。你读了太多这类垃圾杂志了，这就是你的毛病。上周我抓到我儿子在读这种杂志，然后好好地修理了他一顿。你们这些人也一样欠收拾。”

哈里曼挺直他瘦削的、属于中年人的肩膀：“他们一定能到达月球！”

他的合伙人笑了：“随你怎么说吧。如果孩子想要月亮，爸爸会把月亮摘回家。但你只要盯着折扣和提成就好，那才是我们来钱的途径。”

轿车缓缓停入步道，在阿莫大街上停下。老哈里曼从睡梦中惊醒，喃喃自语。

“但是，哈里曼先生——”拿着笔记本的年轻人显得有些局促不安。老人不满地咕哝着。

“你听见我在说什么了。把它们全卖了。我想要我的所有股份全部折现，越快越好。宇航公司、宇航供应公司、阿尔忒弥斯矿业、月之城娱乐，所有的，都卖了。”

“这会扰动股市，造成股价大跌的，您将无法全价赎回，会蒙受损失。”

“我会不知道这个吗？我承担得起。”

“那您指定留给第谷观测站和哈里曼奖学金的那些股份呢？”

“啊，对，那些别卖。建一个信托机构吧，早就该这么做了。让卡门斯先生去起草文件。他知道我想要什么。”

通信面板上亮起灯来，“客人们到了，哈里曼先生。”

“让他们进来。行了，阿什利，忙你的去吧。”阿什利退了出去，麦金泰尔和查理走了进来。哈里曼站起身，快步走上前去，迎接他们。

“请进，小伙子们，请进。很高兴见到你们。坐下，请坐，来根雪茄。”

“很高兴见到您，哈里曼先生，”查理招呼道，“事实上，是我们必须得见您一面。”

“遇到什么问题了吗，先生们？”哈里曼打量着他们的表情。

麦金泰尔回应道：“您之前的那个工作邀约还有效吗，哈里曼先生？”

“有效？当然了。你们该不会要打退堂鼓吧？”

“当然不会。我们现在需要那个工作。您瞧，‘无忧号’这会儿正漂在奥塞治河上，从发动机到喷射口裂了个大口子。”

“天哪，你们没受伤吧？”

“我们没事儿，只是有点扭伤和擦伤。我们从船上跳下来了。”

查理咯咯笑道：“我用牙齿抓了一条鲇鱼。”

很快，他们开始谈正事。“你们俩得帮我买艘飞船。我不能公开做这事儿；我那帮同僚会知道我想干啥，接着就会来阻挠我。现金我来准备，你们去找艘船，稍加改装就能飞的那种。编个好故事，就说你们在给某位花花公子买平流层游艇，或者你们想开拓一条南极飞北极的旅游航线。说什么都行，只要别让人家怀疑这艘船是为太空飞行准备的。

“然后，当交通部给了平流层飞行的许可，你们就把这船开到西边的一片沙漠里——我会找一块地，把它买下来——在那儿加入你们。接着，我们给它装上额外的燃料罐、改装喷气口、计时器之类的东西，让这船能飞到月球。你们觉得怎么样？”

麦金泰尔看起来没什么把握。“这事儿挺复杂。查理，没有码头和商店，你能完成改装工作吗？”

“我吗？我当然可以——如果有你这个熟练工帮忙的话。只要给我工具和我要的材料，然后别太催我就行。当然，这船肯定不太漂亮——”

“没人指望它漂亮。只要启动的时候别爆炸就行了。”

“不会炸的，麦克。”

“你还说‘无忧号’不会炸呢。”

“这不公平，麦克。您来评评这理，哈里曼先生——那破船就是个垃圾，谁都知道。但这艘船肯定不一样。只要多花点钱，我们就能把它整得有模有样。您说呢，哈里曼先生？”

哈里曼拍拍他的肩膀。“当然，查理。需要多少钱都行，这不用担心。对了，我给你们开的薪水和奖金还满意吗？我可不想让你们吃亏。”

“——正如各位所知，我的当事人是他关系最近的亲属，全心全意为他的利益考虑。根据呈递的证据，我们认为，哈里曼先生在过去几周的作为已经清楚地表明：这位在金融界一度辉煌闪耀的明星已经衰老了。虽然深表遗憾，但我们希望法院能够认定哈里曼先生已经失去了行为决策能力，允许指定一名监护人来保护他的经济利益，以及他未来继承人与受让人的利益。”说完，辩护律师坐下来，一副志得意满的样子。

卡门斯先生开始发言：“请允许我发言——如果这位尊敬的朋友已经说完了的话——我的对手最后的发言已经暴露了他真正的意图。‘未来继承人与受让人的利益’，很明显，对方律师相信，我的当事人在决定自己的事情的时候，要确保他的外甥、外甥女和他们的子孙后代都能不劳而获，坐享荣华富贵。我当事人的妻子已经过世了，也没有子女。他之前确实对妹妹们和其儿女非常慷慨，还给没有经济来源的亲属提供了养老金。

“但是，这些亲属现在就是一群兀鹫，甚至比兀鹫还要贪婪一些，他们甚至不会让我的当事人安详辞世——他们不允许我的当事人按自己的意愿使用钱财。没错，他的确卖掉了资产，但一位老人想要退休，难道是什么怪事吗？的确，在清算时他遭受了一些损失。但是，‘一件事物的价值取决于它能带来的东西’。我的当事人要退休了，想要现金，这有什么好奇怪的？

“诚然，我的当事人不愿意与他挚爱的亲属们讨论自己的决定。但话又说回来，有哪条法律或是准则规定，凡事得问过外甥和外甥女的意见呢？

“所以，我们希望法庭明鉴，认定我的当事人有权按自己的喜好做事，驳回上诉，让那些爱管别人闲事的人回去管好自己。”

法官摘下眼镜，仔细地擦拭着。

“卡门斯先生，本法庭和您一样尊重个人自由，您也可以放心，本法庭所采取的行动都将尊重您当事人的意愿。但无论如何，人总是会老的，也有头脑迟钝的一天，在这种情况下，必须去保护他们的利益。

“明天之前，我们会慎重考虑这个问题。现在休庭。”

摘自《堪萨斯城明星报》：

古怪的千万富翁失踪

——哈里曼没有在听证会上出现。法警找遍了哈里曼经常造访的地方，并报告说他在一天前销声匿迹了。法院发出了蔑视法庭的传票，而且——

相比热舞和管弦乐队，沙漠的落日更能刺激食欲。查理能为此做证。他用一片面包扫光了最后一点火腿酱。哈里曼给两个年轻人各递了一根雪茄，自己也来了一根。

“我的医生说，这些烟草对我的心脏不好，”哈里曼一边点烟，一边说道，“但自从和你们两个小伙子来到这个农场以来，我感觉好极了，从来没这么好过。我开始怀疑医生了。”他吐出一团蓝灰色的烟雾，继续说道，“我觉得人的健康情况并不取决于他做什么，而取决于他想做什么。我就在做我想做的事儿。”

“夫复何求啊。”麦金泰尔赞同道。

“活儿干得怎么样了，孩子们？”

“我这边进度不错，”查理回答道，“我们完成了新水箱和燃料管的二次压力测试。地面测试已经全搞定了，只剩下校准了。应该不会花很长时间。如果问题不多的话，有四个小时应该就能搞定。你这边怎么样，麦克？”

麦金泰尔一件件点过来：“食物和水都备好了。三件太空服，外加一件备用太空服。维修工具盒。医疗物资。这船自带了供平流层飞行的标准设备。最新的月球星历表还没到。”

“什么时候能送到？”

“很快。这会儿其实就该到了。但没关系。那些说去月球很困难的人其实都在鬼扯，都是为了哗众取宠。毕竟，目的地就在那儿——这不像海上探险。只要给我一台六分仪，再搞一台精准的测距仪，我就可以带你去到月球的任何地方——根本用不着月球星历表和星图——只要有些和相对速度有关的常识就行了。”

“可别自吹自擂了，哥伦布先生，”查理对他说，“我们知道这事儿对你来讲容易得很。总之，你准备好出发了，对不对？”

“没错。”

“这样的话，我今晚就能搞定那些测试。我可能有点神经质——事情有点太顺利了。如果你能帮忙的话，我们半夜应该就能搞完睡觉。”

“好，等我抽完这根雪茄。”

他们沉默地抽了会儿烟，每个人都想着即将到来的旅行，以及它的意义。想着自己毕生的梦想就要实现了，老哈里曼激动不已，但他试图抑制自己的兴奋之情。

“哈里曼先生——”

“嗯？怎么了，查理？”

“到底要怎么做才能像您那样发大财？”

“发大财？我也说不好，发财从来不是我的目标。我也没想过有钱、出名之类的事情。”

“啊？”

“从来没有，我只是想尽可能活得久一些，好看到这一切成为现实。我没什么特别的；像我一样的人多了去了——无线电爱好者，建造望远镜的人，还有航空爱好者。我们成立科学俱乐部，在地下室建立实验室，组建科幻小说协会——我们都觉得，比起大仲马写的书，还是一期《电气实验者》[1]杂志里的浪漫成分更多些。我们不想当霍雷肖·阿尔杰书里那些靠自己努力致富的主角。我们只想造飞船。事实上，我们之中的一些人真的造出来了。”

“天哪，老爷子，您把这事儿说得真令人激动。”

“这确实令人激动，查理。即便有这样那样的缺憾，但过去的一个世纪仍旧是精彩纷呈、浪漫无比的，而未来只会一年比一年更精彩。不，我并不想要变富有；我只是想活得足够长久，亲眼看到人

1. 雨果·根斯巴克发行的杂志。

类触及星辰的一天，并且，如果上帝开恩，让我能亲自踏上月球。”他小心地将一英寸长的白色烟灰弹进烟灰缸里，“我这一辈子过得不错，没什么别的遗憾了。”

麦金泰尔把椅子往后一推：“来吧，查理，如果你准备好了的话。”

“没问题。”

他们站起身来。哈里曼刚开口要说话，却突然攥住胸部，他的脸变得灰白。

“快扶住他，麦克！”

“他的药哪去了？”

“在他背心的口袋里。”

他们小心地将他放在躺椅上，在手绢上捏碎一小粒玻璃胶囊，凑到他的鼻子下方。胶囊里的挥发物似乎给他的脸带回了一丝色彩。他们做了能做的一切，等待着他恢复知觉。

查理打破了难耐的寂静：“麦克，我们别干了。”

“为什么不？”

“这是在谋杀。他甚至挺不过最初的加速。”

“也许吧，但这也是他想要的。你听到他说的了。”

“但我们不应该让他这么干。”

“为什么不呢？不管是你，还是那搞家长式统治的政府，都没有权利阻止一个人去做自己想做的事，即便这人冒着生命危险。”

“不管怎么说，我还是觉得这事儿不对。他毕竟是个很有身份的老爷子。”

“那你想拿他怎么办？把他送回堪萨斯城？让他那些贪婪的亲戚把他送进疯人院，直到他因为心碎而死？”

“不——不，不是这样的。”

“那就去把整备活儿干好，做好试飞准备，我随后就到。”

第二天一早，一辆宽轮胎的沙漠吉普车开进了农场的大门，停在房子前面。一个身材壮实的男人走下车来，神色沉稳，看起来很友好。他对前来迎接的麦金泰尔说道：

“你是詹姆斯·麦金泰尔吗？”

“是的，怎么了？”

“我是负责这一片的联邦副司法官。我带着一份逮捕你的命令。”

“什么罪名？”

“密谋违反宇航安保法案。”

查理加入了他们的谈话：“怎么了，麦克？”

副司法官答道：“我想你一定是查尔斯·康宁斯。这儿也有你的逮捕令。还有一张逮捕令是给一个名叫哈里曼的男子的。法庭还下令查封你们的宇宙飞船。”

“我们没有宇宙飞船。“

“那你们那间大棚子里放的是什么？”

“平流层游艇。”

“是吗？好吧，我先把它封了，免得它过会儿变成了宇宙飞船。哈里曼在哪？”

“在里面。”查理用手指了指，无视了麦金泰尔按捺不住的怒气。副司法官转过头去看。查理肯定是完美地击中了要害，下一秒，副司法官就无声地躺倒在地。查理站在他身边，揉着指关节，哼哼唧唧。

“我打棒球的时候伤到的就是这根手指。我老是伤到这根手指。”

“让老爷子进到船舱里，”麦克打断他，“把他放进吊床，扣好搭扣。”

“好的，好的，船长。”

他们启动辅助发动机，将飞船开出机库，掉转方向，在沙漠平原上寻找适宜起飞的空地。透过右侧舷窗，麦金泰尔看见副司法官无可奈何地盯着他们看。

麦金泰尔系紧安全带，穿上飞行员的紧身服，接通了机舱的对讲器。“都准备好了吗，查理？”

“准备好了，船长。但这会儿还不能起飞，麦克，咱们还没给船起名字呢！”

“没时间搞你那点迷信了。”

哈里曼微弱的声音传过来：“叫它‘疯人号’[1]吧。这是最合适的名字了。”

麦金泰尔把头在衬垫中放好，转动两把钥匙，又快速扭开另外三把。“疯人号”随即飞离地面。

“您感觉怎么样，老爷子？”

查理紧张地观察着老人的脸。哈里曼舔了舔嘴唇，费劲地开口道：“我挺好的，孩子，再好不过了。”

“从现在开始，加速不会那么难受了。我会解开您，让您能活动一下。但我觉得您还是待在吊床里比较好。”他解开搭扣，哈里曼发出未能完全抑制住的呻吟声。

“怎么了，老爷子？”

“没事。什么事都没有。帮我把那边也松开。”

查理用手指探向老人的一侧身体，手法精确而温柔，像是在检查仪器：“您骗不了我，老爷子。但我这会儿也做不了什么，只能等着陆后再说。”

“查理——”

“什么事，老爷子？”

“能不能把我移到舷窗那边去？我想看看地球。”

1. 原文为 Lunatic，luna 在拉丁语里是“月亮”的意思。古人相信月亮的盈亏会引发暂时的精神错乱，因此用 lunatic 代指精神病人。此处作为船名，有一语双关之妙。

“这会儿没什么好看的；火箭的尾焰把视野都遮住了。一会儿等我们的速度提上来了，进入惯性飞行阶段，过了临界点，我会把您移过去的。这么着，我先给您吃片安眠药，过会儿等引擎关了再把您叫醒。”

“不行！”

“啊？”

“我要保持清醒。”

“好吧，随您便，老爷子。”

查理费劲地挪到飞船前部，靠着驾驶员座椅上的平衡环架支撑自己。麦金泰尔用询问的目光看着他。

“嗯，他还活得好好的，”查理对他说，“但情况不太妙。”

“有多不妙？”

“肯定是断了几根肋骨。其他的我就不知道了。我不知道他能不能撑过这次旅行，麦克。他的心跳乱七八糟的。”

“他会撑过去的，查理。他坚强得很。”

“坚强？他脆弱得像只金丝雀。”

“不是那个意思，我说的是他的内在——内在的坚强才是最重要的。”

“一样的。如果你想船员们都平安无事，一会儿着陆的时候可得温柔点。”

“我会的。我会绕月球一整圈，沿渐伸曲线着陆月球。我想我们的燃料够用。”

当他们开始在自由轨道上滑行时，查理解开吊床的悬挂带，把哈里曼和吊床一起移到舷窗边。麦金泰尔沿着水平轴旋转飞船，尾部笔直地朝向太阳。他短暂地启动了飞船两侧对称的切向喷嘴，让飞船绕着自身的纵轴缓慢旋转，产生一点微弱的人工重力。惯性飞行阶段的失重让老人产生零重力环境下常见的眩晕感，飞行员试图用人工重力来尽可能缓解乘客的不适。

但哈里曼全然不在意胃里的翻江倒海。

他无数次地想象过月球的模样；如今，月球就在那里，如同他的幻想。月球滑过窗外，景象无比壮观，比他之前所见要大上一倍。月面上那些他无比熟悉的特征，都如同浮雕一般清晰。飞船绕着月球轨道飞行，窗外的景色慢慢从月球变成了地球；地球此时像是一颗宏伟的卫星，和他想象中一样，但要比地球上看到的月亮大上八倍，更加引人注目，富有美感。他看见太阳落在亚特兰大的海岸线上，阴影跨过哈得孙湾，穿越北美东海岸，一路延伸到古巴，南美洲东部的尖角也被融进阴影中。他欣赏着太平洋那柔和的蓝色，感受着陆地上绿色和褐色的地质纹理，观赏着极地蓝白相间的冰雪世界。云层遮蔽了加拿大以及西北的大片土地，形成了一块覆盖整个大陆的低气压区，闪耀着比极地地区更加绚烂夺目的白色光芒。

飞船继续缓慢移动，地球也逐渐离开了视野，舷窗外取而代之的，是漫天的星辰——他所熟知的那些星星，在那毫无杂质、栩栩如生的黑幕的衬托下，发出更加稳定、明亮的光芒。随即，月球又一次翩然出现，引起他的遐想。

他感到一种宁静的喜悦，一种大多数人，就算活得再久，也无缘体会的感情。那一刻，他觉得自己和人类历史上所有曾仰望星空、心怀憧憬的人合而为一。

他觉得自己肯定沉沉地睡过去了一会儿，或许是短暂的精神错乱了，因为他好像听到自己妻子的声音——夏洛特，她在呼唤他。“德洛斯！”那个声音说道，“德洛斯！快进屋来！晚上那么冷，你会被冻死的。”

可怜的夏洛特！她是他的好妻子，再好不过了。他很确定，夏洛特去世时的唯一遗憾，是害怕他不能照顾好自己。她无法理解他的梦想和愿望，但这不是她的错。

当飞船缓缓接近月球的远地点，查理调整了吊床，让哈里曼可以透过右边舷窗看到外面的景象。他认出了月面上的许多地标，他在数千张照片上看过它们，熟悉得就像是故乡的风景。这一趟旅程仿佛是返乡之旅。当飞船绕完一圈，重新回到面向地球的那一面，麦金泰尔开始减速，准备在阿里斯塔恰斯环形山和阿基米德环形山之间的雨海着陆，离月之城大约十英里远。

考虑到诸多因素，这次着陆不算糟糕。麦金泰尔没有地面指挥，也没有副驾驶去帮他操作测距仪。他尽可能地想在着陆时轻柔些，以至于偏离了差不多三十英里。他尽了自己的全力，但着陆时还是有些颠簸。

飞船在月面上快速滑行，逐渐停下，在两边带起一阵浮尘。查理来到控制舱。

“我们的乘客怎么样了？”麦克问。

“我去看看，但不好讲。刚才这次着陆挺糟糕的，麦克。”

“该死，我尽力了。”

“我知道，船长。不用太在意。”

他们的乘客还活着，还有意识。他的鼻子在流血，嘴唇边泛着粉色的泡沫。他虽然虚弱，但仍旧努力地想从吊床上起身。两人一起帮他站起来。

“真空服呢？”这是他的第一句话。

“冷静点，哈里曼先生，您这会儿还不能去外面。我们得先采取些急救措施。”

“把真空服给我！急救可以一会儿再说。”

在沉默中，他们照做了。哈里曼的左腿基本废了，他们一人一边，搀着他穿过气密门。在月球引力下，他原本就单薄的身子相当于只有二十磅重，因此两人没费什么力。他们在离船大概五十码处找到了一个地方将他放下，让他看看风景。一块火山岩正好可以支撑住他的脑袋。

麦金泰尔紧贴住老人的头盔："您在这儿看看风景，我们去整备一下，一会儿去月之城。我们离那儿只有四十英里，不远。我们得把备用氧气瓶和食物带上，还得带点儿别的东西。我们很快就会回来。"

哈里曼点了点头，没说话，握了握他们戴着手套的手，力气出乎意料地大。

在万籁俱寂中，他坐在那里，双手揉搓着月面的土壤，感受着身上那奇异的、轻飘飘的触感。终于，他寻到了安宁。连伤痛也不再折磨他了。他到达了他魂牵梦绕的地方——实现了自己的夙愿。地球高悬在西南部的天空中，一颗巨大的、青绿色的卫星。太阳从左侧升起，给阿基米德环形山的峭壁戴上了皇冠。他的脚下是月球，是月球的土壤。他就在月球上！

他向后躺下，一动不动，满足感就像潮水一般漫过他的身体，渗入骨髓。

他的注意力开始游离，他又觉得有人在呼唤他。真傻，他想着；我确实是老了——老是走神。

船舱里，查理和麦克在给担架上轭，好用肩膀把它扛起来。"好了，这么着应该行了，"麦克评论道，"我们最好把老爷子叫醒，该出发了。"

"我去叫他，"查理回答道，"我直接把他背回来就好，他也不沉。"

查理出去的时间比他想象中久。他一个人回来了。麦克等他关上气密门，摘掉头盔。“出什么事了吗？”他问。

“不用准备担架了，船长。我们不需要它了。对，就是这样，”他接着说，“该做的我都做了。”

麦金泰尔无言地弯下腰去，系上宽宽的滑雪板，好在月球的粉尘土地上行走。查理也照做。他们把备用氧气瓶背在肩上，穿过气密门，向外走去。

他们没有关上气密门外的大门。

（李文皓　译）